CAPITÃO FALCÃO GAIVOTA

Dionisio Jacob

CAPITÃO FALCÃO GAIVOTA

SÃO PAULO 2011

*Copyright © 2011, Editora WMF Martins Fontes Ltda.,
São Paulo, para a presente edição.*

1.ª edição 2011

Acompanhamento editorial
Helena Guimarães Bittencourt
Revisões gráficas
Márcia Leme
Alessandra Miranda de Sá
Edição de arte
Katia Harumi Terasaka
Produção gráfica
Geraldo Alves
Paginação
Moacir Katsumi Matsusaki

Dados Internacionais de Catalogação na Publicação (CIP)
(Câmara Brasileira do Livro, SP, Brasil)

Jacob, Dionisio
    Capitão Falcão Gaivota / Dionisio Jacob. – São Paulo : Editora WMF Martins Fontes, 2011.

    ISBN 978-85-7827-425-2

    1. Literatura juvenil I. Título.

11-06069   CDD-028.5

Índice para catálogo sistemático:
1. Literatura juvenil   028.5

Todos os direitos desta edição reservados à
Editora WMF Martins Fontes Ltda.
*Rua Prof. Laerte Ramos de Carvalho, 133 01325-030 São Paulo SP Brasil
Tel. (11) 3293.8150 Fax (11) 3101.1042
e-mail: info@wmfmartinsfontes.com.br http://www.wmfmartinsfontes.com.br*

ÍNDICE

Turmalina dos Mares   1
San Fernando   4
Ao Bucaneiro Risonho   6
O Mar Interior   13
Os órfãos dos mares   16
Mita   19
A gruta do Monsenhor   24
O pequeno bando   29
Mãe Marita   35
A segunda navegação   38
A primeira navegação   42
Noite na taverna   46
O remoinho gigante   51
A serpente marinha   55
Serena Esplendorosa   60
A geografia especial
de Serena Esplendorosa   66
Túlio Balmersão e a
história de Serena Esplendorosa   69
O dia seguinte   73
Os patifes   78

O centro do mundo   84
Roxelina   91
O sereno   94
Miquela Tenebrosa   98
Terra devastada   102
A rebelião serena   105
O retorno   110
Aflição na noite   114
Madrugada febril   117
San Fernando se agita   122
A nau do louco Aquafante   127
A partida   130

TURMALINA DOS MARES

Êeehhh!!! Lá vai o Capitão Falcão Gaivota! Ele e a sua nau Turmalina dos Mares, na segunda navegação. E também lá está o grumete Érico e uns quatro ou cinco marinheiros renegados. Esta é toda a tripulação daquele pequeno, mas valente, barco que vai singrando rumo a… onde mesmo? A verdade é: ninguém sabe ao certo para onde aquela minúscula nau se dirige. Boatos correm, seguidos de risos. Falcão Gaivota é motivo de piada, de chiste, de chacota em todos os portos dos dois hemisférios. Êeehhh!!!

Lá está a silhueta do misterioso Capitão no passadiço manobrando o leme, navegando a barlavento. Grandalhão, barrigudo, barbudo, o nariz proeminente transmite ao rosto uma expressão amistosa, mas intrépida, de quem nada teme: nem tormentas, nem piratas, nem coisa alguma. Veja: ele abre a boca num grito… Espere… Não. Não é um grito… É um bocejo. Ah, sim… está na hora do seu habitual sono da tarde. Parece realmente cansado o Capitão, muito cansado. Um cansaço de anos e anos de viagens e lida com o mar. Érico, com ar preocupado, olha seu tutor se retirar para o camarote. Apesar de ser um homem forte, o Capitão Falcão Gaivota dorme cada vez mais.

Com um gesto, o velho marujo ordena que o grumete Érico o substitua ao leme, o que este faz com evidente prazer sob os olhares rancorosos dos demais marinheiros. Em que outra embarcação deste mundo líquido um simples grumete poderia ter esta honra, senão no improvável Turmalina dos Mares? Mas essa embarcação é tão pequena que pode ser manobrada até por uma só pessoa.

Feito isso, lá vai o velho Capitão exausto tirar uma soneca. E que ninguém perturbe o seu sono! Bem... Na verdade é muito difícil qualquer coisa acordar Falcão Gaivota. Veja agora: uma tempestade se insinua no horizonte. Êeehhh! O céu vai ficando negro, com raios riscando o firmamento de ponta a ponta. O grumete Érico sua frio: será que ele dá conta de uma tormenta dessas? O Capitão sempre dizia que ele tinha sangue *viking* nas veias. Pensa em pedir algum conselho, mas muda de ideia. Interromper o sono do Capitão seria mais temerário do que enfrentar a tempestade. Os outros marinheiros correm de um lado para o outro, preparando-se para o pior, enquanto o navio sobe e desce pelo encapelado das ondas.

E estas se agigantam a ponto de Érico ver a Turmalina dos Mares refletida numa delas, imensa, logo em frente, mais alta ainda do que aquela que leva o barco em sua crista. Todos tremem de pavor, mas enfrentam a fúria da natureza saltando de um lado para o outro, levando no rosto tapas molhados que o mar aplica como se estivesse ofendido com aqueles intrusos. E nada de a tempestade melhorar. O vento sopra alto parecendo mais o riso perverso de um gigante submerso nas águas. Érico chega a ver a bocarra do gigante querendo engolir a pobre nau e sua tripulação: quase soçobram em meio a duas ondas que vieram em sentido contrário, como mandíbulas abocanhando uma presa. E, em meio a esse pandemônio, um som grave, profundo e constante parece competir com a ventania: é o ronco do Capitão Falcão Gaivota em seu sono inocente.

Só depois de várias horas de luta insana, a tempestade cede. Érico e os marinheiros dão um grito de alegria ao ver o céu voltar a azular o horizonte e o sol sorrir no alto do céu. Que alívio sentir a embarcação deslizar suave e segura sobre as águas profundas. Pronto! Passou o perigo. Agora é uma beleza o mar azul, azul, as ondas com suas cristas branquinhas, parecendo ovelhas correndo numa planície sem fim.

Só então o Capitão Falcão Gaivota sai do seu quarto soltando um bocejo longo que termina com um arrepio pelo corpo todo. Olha para os lados e exclama: "Que água é essa no tombadilho?" E manda enxugar aquela molhadeira causada pela tempestade.

Quando Érico tenta explicar o que aconteceu, Falcão Gaivota estica o braço robusto na direção do horizonte e emite um grito de júbilo:

– Terra! Uma ilha! Deve ser San Fernando! Estamos no Caribe! Êeehhh!

Uma euforia toma conta de todos, que gritam e saltam pelo convés. Os marinheiros sussurram entre si o plano de abandonar de uma vez por todas aquele barco sem destino certo, mas o Capitão não percebe este movimento de olhares e piscadelas. Apenas Érico se dá conta e sorri tristemente, enquanto coça a cabeça. Nada de mais: é uma cena que sempre se repete em todos os portos.

SAN FERNANDO

A ilhota de San Fernando pertencia à Coroa Espanhola, por conta do Tratado de Tordesilhas, mas na realidade sempre foi mesmo uma terra de ninguém. De todas as inúmeras ilhas daquela parte do mundo, sempre foi a menos explorada, a menos visitada. E as razões disso eram inúmeras. Uma delas ficava por conta da sua constituição rochosa: quase não havia lugar para plantio, nem mesmo daquelas árvores de pau-brasil, tão apreciadas.

O pequeno tamanho da sua enseada e as rochas que a cercavam faziam com que não fosse um lugar fácil para aportar. Além disso, perdia na comparação: todas as ilhas e braços de continente ao redor eram muito mais promissores do que ela como possibilidades de enriquecimento para os ávidos europeus que chegavam em número cada vez maior ao Novo Mundo.

Houve, no início da colonização das novas terras, uma tentativa de povoar a ilha, pois ao menos não era habitada por nativos ferozes. Mas, tão logo os exploradores ouviam falar das riquezas mais ao sul, do litoral da nova terra brasileira, do rio da Prata que levava a uma terra miraculosa, repleta de tesouros e perigos, e mesmo de outras ilhas e terras do Caribe, a pacata San Fernando era abandonada, desprezada, até que ficou várias décadas em total estado de abandono.

Acabou redescoberta aos poucos e por motivos não muito nobres. Como não havia nela nenhum tipo de jurisdição, capitania, governador ou lei, uma vez que a Espanha não tinha se interessado em gastar dinheiro colonizando uma ilha tão infértil, foi sendo escolhida como local de fuga, esconderijo, exílio de todos os tipos de desencontrados dos oceanos. Piratas perseguidos por diversos motivos, desertores de exércitos, pessoas que por algum motivo caíam em desgraça e não tinham para onde ir. Navios paravam lá, por conta de alguma urgência ou reparo. E não poucos náufragos acolhidos por aquela comunidade acabaram se acostumando com uma vida sem autoridade, regida pela necessidade comum da sobrevivência num mundo em que quase não havia mais terras para se descobrir.

Com o tempo alguns desses desencontrados formaram vínculos, casando entre si e gerando filhos. Outros passaram a se dedicar à pesca, negociando com terras próximas, como Santo Domingo e outras. Com isso surgiu em San Fernando uma modesta vila, cujos habitantes sentiam-se na periferia da periferia das grandes navegações.

AO BUCANEIRO RISONHO

Por isso mesmo, no momento que o Capitão Falcão Gaivota abriu a porta da taverna e estalagem Ao Bucaneiro Risonho, falou em alto brado:

– Êeehhh! Eis que chega Falcão Gaivota! Bons dias!

Todos olharam em sua direção de modo a fazer jus ao nome do estabelecimento: com um grande sorriso malicioso estampado no rosto. É que o Capitão tinha fama de ser o maior mentiroso dos mares, fama que o precedia aonde quer que fosse. Claro que à simples menção de que suas histórias eram falsas, Falcão Gaivota reagia daquele modo grandiloquente, mostrando seus dentes numa expressão de revolta e indignação. Os olhos se tornavam coléricos como uma tempestade no mar.

Mas naquele momento, indiferente a todos, ele simplesmente atravessou a extensão do salão com passos largos e seguros. Caminhou, sempre seguido de Érico, rumo a uma mesa de canto, ao lado de uma janela que emoldurava o horizonte agora tranquilo do oceano. Já o grumete parecia se ressentir do clima de zombaria que tomava conta de todas as expressões.

Falcão sentou-se espalhafatosamente e levantou os braços na direção de um homem magro que presumiu ser o dono da taverna, pedindo com sua voz de trovão:

– Por favor, amigo, água de coco para o meu grumete e, para mim, leite de cabra.

Uma estrondosa gargalhada explodiu no ambiente lotado. É que outro navio, bem maior que o Turmalina dos Mares, havia aportado dias antes para consertar um rombo no casco e o salão se encontrava repleto de marujos das mais diversas procedências, além de algumas figuras estranhas e até sinistras: sim, piratas conhecidos da região, muitos deles procurados por diversos países, até mesmo por outros piratas. Com certeza, estavam se escondendo naquela ilha remota.

Érico lançou um olhar temeroso para aquela gente esquisita. Tinha medo de que eles quisessem arrumar briga com o Capitão, pois este, apesar do estardalhaço, sempre fora da boa paz.

– Com que então – alguém falou com uma voz rouca e exibindo uma cicatriz de cima a baixo no rosto –, temos aqui um marujo que prefere leite de cabra ao bom e velho rum!

– Antes de qualquer coisa, boa tarde, caro amigo… – respondeu Falcão Gaivota com um sorriso, que logo se transformou numa expressão dura. – E o que você e a sua cara lascada têm a ver com isso?

O sujeito ameaçou partir para cima do Capitão, mas foi detido por outro ainda mais feio:

– Calma, Pocilga… Você não conhece o tipo? É um falastrão! Vamos nos divertir com ele.

Tais palavras tiveram o dom de acalmar o "Pocilga". Ele abriu o mais perverso dos sorrisos e concordou com seu companheiro.

– Certo, Estrambolho, não é sempre que surge uma diversão nesta ilha enfadonha.

Os dois – decerto os tipos mais suspeitos daquele lugar, tanto pelos rostos cheios de cicatrizes como pela falta de alguns pequenos detalhes que humanizam, como dedos e dentes – soltaram uma gargalhada tão alta, que pareceu um aviso de que aquele antro era como a casa deles e faziam ali o que bem entendiam. Érico engoliu em seco e ficou pensando nas razões que haviam levado o Capitão a aportar naquela ilhota.

Quando o estalajadeiro veio dos fundos trazendo a água de coco e o leite de cabra, Estrambolho barrou o seu caminho e, apanhando as bebidas, serviu ele mesmo o Capitão e seu grumete, com um fingido ar subserviente.

– Espero que goste de seu leite, Capitão… E, se não se importar, enquanto toma esta "forte" bebida, poderia nos "deleitar" com algumas histórias das suas viagens. Você sabe, todos nós aqui vivemos no mar e gostamos de ouvir histórias "salgadas".

Os demais riram do jeito com que Estrambolho falou e também de suas expressões, como "deleitar" e "salgadas", às quais enfatizou com seguidas piscadelas na direção de Pocilga, cuja falta de sutileza necessitava de que se sublinhassem todos os subentendidos, mesmo aqueles mais grosseiros.

O Capitão Falcão Gaivota agradeceu com um gesto solene e deu uma golada. Depois, limpou a boca com as costas da mão, pois se havia uma coisa que o Bucaneiro Risonho não tinha eram delicadezas como guardanapos ou toalhas. Depois, disse:

– Muito bem, amigo, o que quer que eu conte?

– O que lhe aprouver, pois sabemos bem que seja o que for será a mentira mais deslavada! – disse, caindo numa arfante gargalhada, no que foi acompanhado por Pocilga e todos os demais marujos presentes. O estalajadeiro riu mais ainda ao perceber um movimento de pessoas chegando ao local, provavelmente atraídas pela lendária figura de Falcão Gaivota.

Este, ao ver toda aquela gente rindo, ficou vermelho, as veias do pescoço infladas, e levantou-se de supetão, fazendo voar seu copo de leite e também a água de coco de Érico.

– Ninguém me chama de mentiroso nas minhas barbas sem sofrer a mais funesta consequência! – ribombou a voz poderosa, fazendo vibrar sutilmente as vidraças.

Em seguida, todos aqueles marujos, ameaçados por aquele vozeirão, sacaram dos cintos suas armas e aconteceu um retinir de pistolas, punhais, adagas, sabres, espadas diversas, a maioria delas enferrujada, mas ainda assim aptas para perfurar, cortar, trinchar e todas as demais coisas perversas para as quais foram projetadas. Érico se encolheu todo na sua cadeira, preparando-se para o pior.

O grande Capitão, ao ver aquele monte de armas apontadas para ele, abriu um sorriso espantado e proclamou, com uma expressão de desdém:

– Mas que açodamento!

E sentou-se calmamente, como se nada tivesse acontecido, não sem antes pedir ao estalajadeiro mais leite e água de coco. Estrambolho e Pocilga trocaram olhares enviesados, cheios de sarcasmo, e Pocilga exclamou com uma voz rouca, falhada e repleta de desprezo:

– Então o "famoso" Capitão tem medo de uma refrega?

– Eu não tenho medo de nada, a não ser da minha fome, que já é grande, e bem que gostaria de estufar a minha barriga com alguma coisa mais substancial, de preferência bem passada!

Agora todos riam do que entendiam como esperteza daquele marujo, que "escapara" na hora certa de enfrentar tantas armas. A marujada debochava abertamente, fazendo comentários jocosos e confirmando que aquele homenzarrão nada mais era do que um falastrão mentiroso e covarde.

O estalajadeiro, ao constatar que a presença de Falcão Gaivota trazia para o seu estabelecimento um público maior do que o habitual – e todos, uma hora ou outra, deveriam sentir sede –, resolveu prender aquelas pessoas ali o mais que pudesse.

– Fique tranquilo, bom homem! – gritou para o Capitão. –Vou preparar uma boa vitela para você e seu acompanhante. Continue, porém, relatando a sua viagem até chegar neste fim de mundo!

– Pois muito bem, senhor...

– Cortezino...

– Muito bem, senhor Cortezino, atendendo à sua solicitação e gentileza, vou narrar o que vocês quiserem ouvir a meu respeito... afirmando, porém, que tudo se trata da verdade mais verdadeira, sem sombra de mentira...

– É verdade, capitão – perguntou um marinheiro que estava sentado mais ao fundo, revelando na voz uma sincera curiosidade –, a história sobre o Mar Interior?

Um grande silêncio voltou a tomar conta daquele ambiente em geral barulhento. Sorrisos sarcásticos se estampavam no rosto da maioria, pois essa incrível história tinha sido a responsável pela fama de grande mentiroso de Falcão Gaivota em todos os oceanos.

Percebendo que tinha sido posto contra a parede, o Capitão tinha certeza, entretanto, de que essa pergunta seria feita uma hora ou outra. Então lançou um olhar repleto de segundas, terceiras e até quartas intenções. Abriu um sorriso, que logo desapareceu atrás de uma expressão de compenetrada seriedade:

– Mar Interior... – sussurrou, admirando através da janela o vasto horizonte crepuscular.

– O Mar Interior... sim... o Mar Interior... – voltou a dizer, sempre do mesmo jeito pensativo. E tantas vezes repetiu a frase que alguém, perdendo a paciência, gritou:

– É! O Mar Interior! É verdadeira esta história?

"Isso! Fala! Desembucha! Vamos" – uma chuva de gritos deixou claro que todos aguardavam com ansiedade ouvir o velho Capitão falar com a própria boca sobre aquela história que se narrava como lenda em todos os portos.

Falcão Gaivota não pôde deixar de sorrir ao ouvir os berros impacientes.

– Amigos! Vou contar tudo o que sei, tudo o que vivi, tudo, tudo, o que verdadeiramente aconteceu... cada detalhe... cada acontecimento... exatamente na ordem certa como eles se deram... Vou contar... TUDO!

Ao ouvirem essas palavras, todos os presentes se acomodaram nas cadeiras ou recostaram-se nas paredes, pelo chão, esticando o pescoço com inusitado interesse. Até mesmo

Pocilga e Estrambolho se mostraram interessados. Mas toda essa atenção recebeu uma ducha fria:

– Mas vou contar… amanhã!

A decepção geral foi tão evidente, expressa por rostos e comentários grosseiros, que Estrambolho, sentindo-se porta-voz do descontentamento de todos, atirou-se até Falcão Gaivota, segurando-o pelo pescoço:

– Escuta aqui, seu velho pançudo e miserável. Você vai contar… AGORA!

Érico olhou assustado para a cena, pois se encontrava imediatamente abaixo dela, achando que o pirata iria furar a barriga do seu chefe com um punhal que sacara da bota.

Entretanto, Cortezino, o dono da estalagem, ao perceber que aquilo poderia lhe render mais do que esperava, resolveu apartar a briga:

– Larga o homem, Estrambolho! Larga o homem! Pocilga! Quer falar para ele deixar o pobre velho em paz? Vamos! Não veem que ele está cansado? Teve de enfrentar uma tempestade daquelas! Vamos fazer o seguinte. Deixa o Capitão Gaivota comer e dormir. Amanhã ele estará aqui para contar se a história é mesmo verdadeira, certo, Capitão?

– Ce… e… erto… – Falcão disse, com a voz estrangulada pelo aperto na garganta.

Estrambolho, então, ainda furioso, soltou o Capitão:

– Tudo bem! Mas será amanhã! E queremos a verdade, ouviu, velho? Se a gente perceber que está nos enganando, pode se preparar para perder essa língua mentirosa!

O Capitão Falcão Gaivota se recompôs, pigarreou e disse:

– Claro! E por que eu não cumpriria a minha promessa? Amanhã, meus amigos, vocês saberão da minha própria boca, em detalhes, toda a verdade sobre o Mar Interior!

Depois, virou-se para Cortezino:

– Caro senhor, poderia servir-me alguma coisa no quarto? Confesso que estou, como você mesmo disse, muito, muito cansado.

– Está bem. Pode usar o quarto no fim do corredor.

O Capitão Falcão Gaivota atravessou o salão principal da estalagem, consciente de que era acompanhado pelos olhares de todos, e portou-se à altura: caminhou solenemente, como alguém diferenciado das pessoas comuns, alguém que tivesse vivido a mais singular das aventuras.

E Érico, aliviado, seguiu atrás.

O MAR INTERIOR

Não se sabe bem como se iniciou a lenda, o mito, o boato ou qualquer que seja o nome que se dê para as narrativas sobre o Mar Interior. Alguns dizem que histórias absurdas sobre um mar interno passaram a ser veiculadas por navegadores noruegueses, tripulantes de baleeiros que, como é bem sabido de todos, estão entre os que mais gostam de narrar maravilhas vistas pelos oceanos. E estes dizem que tais narrativas remontam ao tempo dos *vikings*.

O certo é que em dado momento entre os séculos XV e XVI essa história passou a ser veiculada de modo ubíquo, como o são em geral as histórias, por todos os mares. Ou seja: era narrada nos mais distantes lugares do mundo ao mesmo tempo. Era algo tão fabuloso que tomou logo a forma de um conto fantástico. Dizia essa narrativa maravilhosa que, próximo às terras geladas do Norte, produzia-se um remoinho tão grande que sugava para dentro qualquer incauto navio que trafegasse pela área. E mais: uma vez sugado para aquela fenda marítima, o navio que não naufragasse passava a navegar por um mar desconhecido, subterrâneo.

Havia nessa história, entretanto, algo que não se explicava com facilidade: como os navios que entraram naquele remoinho conseguiram sair dele, depois que ele se fechara. Pois não se tinha notícia de que houvesse em parte alguma do mundo um remoinho fixo. Além disso, tal história não possuía dono, isto é, não se contava o nome de alguma pessoa que tivesse sido tragada e depois voltado para contar. Obviamente, se tal fato era verdadeiro, alguém deve ter entrado pela fenda e dela retornado. Se isso aconteceu, não se sabia o nome deste aventureiro, o que era estranho numa época em que os heróis dos mares tinham os nomes projetados pelo mundo, como Marco Polo, Cristóvão Colombo, Pedro Álvares Cabral, Vasco da Gama e tantos outros.

Por isso mesmo todos julgavam que os sussurros sobre a existência do Mar Interior possuíam uma origem totalmente fantasiosa, um desses caprichos da imaginação que tomam vida própria sem que ninguém consiga jamais localizar a sua origem. Talvez fosse, por que não, um desejo de descobrir mais um oceano, uma vez que todos os oceanos possíveis deste planeta já haviam sido atravessados, restando talvez apenas alguns mares gelados que circundavam os polos.

De qualquer modo, o mundo estava mapeado, e pouco restava à imaginação para se maravilhar com algo absolutamente desconhecido. Claro, sempre haveria algo surpreendente para se ver, mas nunca mais aquele impacto causado pelo descobrimento de um novo mundo totalmente virgem. Por aqueles tempos todos já sabiam quais eram os continentes e os mares possíveis de caber nesta bola de terra e água que gravita pelo espaço sideral. Bem, fosse o que fosse, o certo é que ninguém dava muito crédito para aquela história de Mar Interior, pois, como foi dito, não havia nenhum rosto concreto por trás daquela descoberta.

Até o dia em que este rosto surgiu… Sim, o nosso já conhecido e retumbante Capitão Falcão Gaivota passou a alardear pelos sete mares que havia sido capturado por aquele imenso remoinho e alcançado as águas interiores daquele oceano fabuloso. E, claro, retornado vivinho e falante para poder descrever ao mundo aquelas águas, e mais que isso: as terras e gentes que ali habitavam – cheias de vida sob a crosta terrestre.

Tudo isso poderia ter alguma credibilidade, pois era uma época de prodígios, de tesouros incas, de templos astecas, de orientes revelados em sua extrema distância. Mas essa credibilidade sofria desde o início o baque de ver a descoberta anunciada pela boca de dentes grandes daquele Capitão errante, conhecido pela sua assumida teatralidade.

Então o arrepio do assombro deu lugar às cócegas do escárnio, ou, em outras palavras, o maravilhamento foi substituído pela zombaria. Claro que tudo não devia passar de uma bazófia daquele Capitão que pertencia ao folclore dos mares. Aquela figura corpulenta e falante que já havia narrado as mais singulares aventuras – aventuras que, fossem verdadeiras, fariam dele o homem mais viajado da História Marítima.

Falcão Gaivota já tinha sido acusado de se apropriar de aventuras que haviam acontecido a outros, como também de inventar outras que nunca foram confirmadas. Portanto, quando ele começou a dizer que havia conseguido chegar até o Mar Interior, sorrisos escancarados iluminaram os convés e salões de todos os navios e tavernas: claro que ele, uma hora ou outra, iria acabar se apropriando da última grande lenda naval.

Mesmo assim, havia quem, lá no fundo, ainda se perguntava se tal coisa poderia ter mesmo acontecido ou não. E por isso todos no Bucaneiro Risonho ficaram alvoroçados para ouvir a narrativa. Claro que voltariam no dia seguinte, como bem calculara Cortezino, o dono da estalagem. Érico, por sua vez, preocupava-se. Gostava muito do Capitão e sofria quando o via sendo vítima da chacota e do desprezo. E era o que aconteceria, com certeza, no dia seguinte.

Mas… e o Capitão? Estaria ele preocupado? Tanto quanto estivera durante a tempestade: também naquele momento sacudia a taverna e os arredores com seus roncos trovejantes. Roncos que, do lado de fora, espantavam tanto as aves exóticas quanto os órfãos dos mares.

OS ÓRFÃOS DOS MARES

Existiam na ilha de San Fernando aqueles meninos e meninas de idades variadas, conhecidos como órfãos dos mares. E não apenas a idade deles variava, cobrindo toda a faixa que vai da infância até a adolescência: a cor da pele e as feições eram de todo tipo, resultado daquela fúria que levava os homens de então a atravessar continentes e oceanos atrás de riquezas, baleias, aventuras, guerras ou sabe-se lá mais o quê.

Havia todo tipo de raça humana entre aquelas crianças: pequenos europeus cujos pais haviam sido vítimas de naufrágios, ou pertencentes a famílias de degredados; também havia mestiços de raças indígenas com espanhóis ou portugueses e até mesmo franceses e holandeses; e, além desses, podiam se encontrar, embora mais raramente, negros e asiáticos, gente da Oceania e até das ilhas do Pacífico. Era como se o caldeirão borbulhante do mundo deixasse ali algumas pequenas vítimas de saques, de rapinagens, de lutas, de conquistas, de escravidões.

Tais órfãos eram assim chamados de modo geral, embora nem todos o fossem de fato. Alguns, ou mesmo a maioria, já haviam nascido na ilha, filhos de náufragos, deportados, gente que havia ido parar lá por um motivo ou outro. Assim, o nome "órfãos", se bem que um tanto genérico, caía bem, por assim dizer, quando se apreciava aquele bando de garotos de procedência diversa caminhando sempre juntos, liderados por algum menino mais velho. Parecia de fato um bando meio desencontrado e perdido naquela ilhota esquecida.

E obviamente não eram sempre os mesmos. Afinal, conforme as crianças iam crescendo, acabavam se engajando em correrias próprias. Abandonavam San Fernando nos navios que porventura ali atracavam e partiam sempre em busca de aventura ou fortuna, de tudo aquilo, enfim, que movia os homens por todos os hemisférios. E uma nova geração de crianças tomava os seus lugares dando a impressão de uma continuidade sem fim.

Era uma paisagem comum para os que atravessavam aquelas águas, mesmo os que passavam ao largo sem se deter na insignificante San Fernando, ver a distância aquele colorido grupo de crianças se equilibrando pelos íngremes rochedos que cercavam a ilha e que tornavam sua costa tão perigosa. E por que eles gostavam tanto de ficar ali, emperiquitados, ao avistar um navio esgueirar-se pelo horizonte longínquo? Talvez fosse pela novidade de ver aquelas embarcações passando rumo a destino ignorado, percorrendo livremente o grande mundo, do qual eles só conheciam aquele pedaço tão pequeno e isolado. Talvez fosse apenas para manter a tradição iniciada em alguma geração anterior de órfãos, de se dependurarem naquelas pedras como se fosse uma característica própria daquele lugar.

E, quando algum navio embicava na direção de San Fernando, a euforia tomava conta daquelas pedras vivas, e os marinheiros podiam avistar desde longe a criançada se agitando em acenos festivos por conta da novidade. Depois, todos corriam até a praia atrás da ilha, onde os navios ancoravam, para receber calorosamente os tripulantes, fossem piratas, fugitivos ou gente perdida pelos mares, ou ainda vítimas de alguma borrasca desorientadora. Como foi o caso de um barco de muçulmanos que atracou ali, quase ocasionando um confronto com os cristãos do lugar.

E essa mesmíssima agitação ocorreu quando o Turmalina dos Mares, depois de vencer a tempestade, ali aportou serenamente. Mas não foi sem certa decepção que os órfãos viram aquela embarcação pequena e sem graça atracar, pois gostariam certamente de presenciar algo mais grandioso e heroico, uma embarcação de velas enfunadas, trazendo soldados de qualquer armada, ou um daqueles navios mercantes repletos de mercadorias de países lendários. E mais desanimados ficaram ao constatar a pequena tripulação saindo do barco, desanimada e com cara de poucos amigos.

Mas se impressionaram, entretanto, com a figura imponente do Capitão Falcão Gaivota, que lhes acenou com um sorriso largo e amistoso. E espantaram-se igualmente com aquele pequeno grumete que acompanhava o volumoso Capitão: como um menino daquela idade tivera a sorte de poder ser um marinheiro e sair pelo mundo? Era o desejo de todos ali. Além do quê, nunca tinham visto um garoto de pele tão clara e cabelo tão amarelo. Seria alguma espécie de doença rara?

Érico também olhou assombrado para aqueles meninos e meninas, a maioria da sua idade. Que diabo de lugar era aquele?, perguntou-se novamente. E o que o Capitão queria naquela ilha remota e sem nenhum atrativo, logo ele que já fora recebido até por um príncipe na ilha japonesa?

MITA

Era ainda nessas coisas que Érico pensava ao caminhar pelos arredores da taverna logo que acordou na manhã seguinte. E ele sabia que o Capitão não iria despertar tão cedo, ainda mais depois de ter comido tanta carne. Também ouviu a conversa que o estalajadeiro havia tido com ele, a portas fechadas. O homem queria até cobrar entrada na noite seguinte.

Érico não gostava disso. Achava que essas coisas diminuíam o Capitão, mas sabia que aquele homem enorme e com rosto duro tinha um coração de manteiga e não sabia dizer não a ninguém. Todo o mundo fazia gato e sapato dele em toda parte, só por causa daquela mania de contar as aventuras. Riam dele. Falcão Gaivota era quase um palhaço dos mares, e isso de algum modo incomodava o grumete.

Foi então que Érico escutou um "psst", como se alguém o estivesse chamando. Olhou para os lados e não viu ninguém. Retomou a caminhada, mas o som voltou:

– Pssiu… você é surdo?

Foi então que ele distinguiu, em meio a umas folhagens e quase escondida atrás de uma árvore, a figura de uma menina mais ou menos da sua idade. Permaneceu olhando para a garota, admirado com a sua aparência: morena, com a pele azeitonada e cabelos crespos, bem escuros. Usava um vestido simples, um tanto rasgado, e chinelos de couro. Devia ser uma daquelas crianças que ele havia visto nas pedras tão logo chegara à ilha.

– Que está olhando? Nunca viu uma menina antes?
Ruborizado, ele baixou o rosto instintivamente:
– Claro que vi.
– Mas talvez nenhuma como eu?
Ela abriu um sorriso franco, cheio de simpatia, caloroso, e foi se aproximando em passos cuidadosos, mantendo sobre Érico um olhar investigativo.
– Meu nome é Mita. E o seu?
– Érico.
– Ah…
Ela examinou o rosto dele com a mais profunda curiosidade. Depois passou a mão pelas bochechas avermelhadas de Érico.
– De onde você vem?
– O Capitão me disse que eu venho das terras frias, da Finlândia…
– Isso existe?
– É bem lá para o Norte.
– E você não tem certeza?
– Bem… meus pais morreram, sabe? E aí o Capitão passou a cuidar de mim. Na verdade, meu nome é Éric, mas o Capitão disse que não conseguia falar nomes que não terminassem com vogal.
Ele riu, mas Mita continuava séria, olhando bem nos olhos dele.
– Esse Capitão… Ele é seu parente?
– Não.
– E por que ele fez isso?
– Não sei… Ele achou que devia fazer… acho.
– Hum… Você quer conhecer a ilha? Conheço tudinho por aqui.
Érico fez que sim e os dois passaram a caminhar juntos, subindo uma trilha íngreme com passadas lentas, enquanto conversavam. O grumete entendia bem tudo o que ela falava e que parecia uma espécie de castelhano, misturado com português. O castelhano ele compreendia por causa do

Capitão, que falava sempre naquela língua. E o português era bem parecido. Algumas palavras ele perdia, mas acabava entendendo o sentido geral, ainda mais porque a garota era esperta e falava gesticulando, dramatizando tudo, sempre muito expressiva.

Mita havia chegado a San Fernando criança de colo, no tal navio muçulmano. Era filha bastarda de um guerreiro daquela religião islâmica com uma espanhola da Catalunha, uma espécie de amor proibido. A mulher acabou fugindo com o muçulmano, mas veio a falecer na viagem tormentosa, em meio ao parto, antes de aportarem naquela ilha. O pai, não sabendo qual seria o seu destino, preferiu deixar a menina aos cuidados de um monge que morava na encosta e que aceitou criar a recém-nascida.

– Na verdade meu nome mesmo é Sulamita, mas eu gosto que me chamem de Mita, ouviu?

Érico sorriu. Parecia magnetizado pelo olhar profundo e brilhante da menina: aqueles dois olhos bem negros que lhe lançavam uma luz inteligente sobre o rosto. Seu nariz pequeno e oriental acentuava ainda mais a forte personalidade. Depois de muito caminharem, os dois chegaram a um lugar elevado, de onde se descortinava parte da ilha e o majestoso oceano. Sentaram-se numa pedra arredondada e ela pediu que Érico falasse como foi que o Capitão Gaivota o tinha encontrado.

– Foi na época em que ele trabalhou num navio baleeiro…

– É mesmo? – Os olhos dela faiscaram. – Ele viu baleias de perto? E você?

– Já vimos, sim. E umas bem grandes…

– Elas esguichavam?

– Sim.

– Aqui a gente viu uma, mas bem de longe, lá no horizonte. E ela soltou um esguicho… Queria ver uma de perto.

Mita permaneceu uns instantes em silêncio, pensativa, olhando o horizonte. Lá embaixo era possível ver a vila dos pescadores que se iniciava na praia e se esparramava pelas encostas, com casebres simples de madeira. Então, despertou do seu devaneio e disse num tom novamente enérgico:

– Mas eu ainda não entendi como ele conheceu seus pais.

– Bem... ele conheceu meu pai num desses navios baleeiros, lá mais para o norte, numa cidade chamada Nantucket, conhece?

– Como eu posso conhecer? Nunca saí deste lugar!

– Bem... parece que meu pai verdadeiro andou por muitos portos e muitos navios.

Os olhos da menina brilhavam de admiração.

– E aí... bom... o Capitão me disse que ele pegou um navio com meu pai e foram atrás de baleias lá para o Norte, perto das terras geladas, lá perto de onde eu nasci. Mas meu pai acabou morrendo na viagem, pois a perna dele ficou amarrada na corda do arpão. E, quando a baleia puxou a corda, levou o barco e ele para o fundo...

Os dois fizeram outro silêncio como se o momento requeresse pesar. Permaneceram mais um tempo observando o horizonte fixo do mar, até que Érico prosseguiu:

– Meu pai, antes de morrer, tinha falado para o Capitão que eu devia ter nascido, pois quando saiu para a viagem minha mãe já estava no quarto mês de gravidez. E eles estavam há mais de cinco navegando... Como o navio parou num porto onde meus pais moravam, o Capitão achou que devia comunicar o acontecido para a minha mãe, sabe?

– Sei... agiu bem... – Mita assentiu muito seriamente.

– Mas, quando conseguiu localizar a minha casa, disseram que minha mãe havia morrido logo que eu nasci.

– A minha também! – exclamou Mita, assombrada com aquela coincidência.

– É mesmo? – Os dois trocaram um olhar significativo, seguido de um silêncio respeitoso e depois por leve sorriso em que havia o selo de uma cumplicidade.

– E você estava onde?

– O Capitão disse que uns vizinhos do meu pai estavam tomando conta de mim, meio contra a vontade, porque era uma aldeia pobre e uma boca a mais para alimentar pesava. Então ele me levou na viagem de volta para Nantucket, pois conhecia gente naquele lugar que podia cuidar de mim.

– E cuidaram?

– Cuidaram até um tempo. Mas o Capitão sempre voltava pra me ver. E aí, um dia, quando ele já estava com o Turmalina dos Mares, eu pedi para ir com ele. E ele deixou... Ele sempre disse que eu tenho sangue *viking* nas veias.

– Isso é uma doença?

– Não! Os *vikings* eram um povo de navegadores... eram antepassados dos meus pais... acho... Quer dizer, assim o Capitão me contou!

– Nossa... que história você tem. Navegando por aí pelos mares. E eu aqui com a minha vidinha idiota nesta ilha.

– Mas não acontece tanta coisa assim no mar...

– Ah! Não precisa me consolar. Um dia eu também saio daqui e vou conhecer o mundo todo!

O grumete sorriu. Mita levantou-se de modo inesperado, cheia de energia, e, puxando-o por uma das mãos, carregou-o pela subida.

–Venha conhecer o Monsenhor.

– Quem?

–Você vai ver...

E os dois prosseguiram no caminho cada vez mais íngreme que levava ao topo da ilha.

A GRUTA DO MONSENHOR

Uma das figuras estranhas daquela ilha estranha, o Monsenhor morava numa gruta, quase uma cabana, num dos pontos mais elevados do lugar. Ali de cima uma vista ampla e magnífica descortinava ao longe o vago contorno de outras terras caribenhas. De fato, aquela moradia inusitada era parte uma gruta cavada providencialmente numa rocha, com o interior recurvo e acidentado; e parte uma construção feita por mãos humanas, de madeira, completando e fechando o abrigo natural.

Ali habitava o Monsenhor, um monge português de idade avançada. Ele havia chegado à ilha décadas atrás agarrado aos destroços de uma embarcação que devia levá-lo, junto com outros colegas e uma armada, a uma terra oriental disputada por cristãos e muçulmanos. A única coisa que salvou do naufrágio foi um baú de madeira onde guardava velhos livros escritos em latim e uma Bíblia.

Por alguma razão ele desistiu de voltar para casa, mesmo tendo para isso diversas oportunidades através de ocasionais navios que chegavam e partiam de San Fernando para a Europa. Talvez fosse cansaço do mundo guerreiro. O certo é que manteve a fé e tomou para si a tarefa de cuidar daquela terra sem lei e daquele bando de desencontrados que, como ele, ali chegava por uma razão ou outra.

O alvo da sua preocupação foi, sobretudo, as crianças, os órfãos dos mares, educando-os como podia, ensinando-lhes os fundamentos da religião, as primeiras letras, e talvez por isso ali se falasse aquele dialeto esquisito em que o português possuía alguma ascendência num universo dominado quase inteiramente pelo castelhano. Enfim, acostumou-se à ilha e ao seu monástico distanciamento do fragor dos combates.

De todas aquelas gerações que ele ajudara a criar, Mita foi talvez a criança a que ele mais se apegou. Recebeu-a embrulhada das mãos do imponente guerreiro islâmico, que olhou dentro dos seus olhos para saber se confiava ou não naquele cristão. Depois se foi pelos mares com os seus e nunca mais retornou. A partir daí ela passou a morar na gruta com ele, dormindo numa cama que ele mesmo construiu. Chamava-o de Papo.

De fato, quando Érico entrou na gruta-cabana, assombrou-se ao ver aquele homem ressonando num canto, próximo a uma janela irregular: nunca havia visto alguém tão velho em toda a sua vida. As rugas atravessavam seu rosto em todas as direções, profundas, interrompidas apenas pelos cabelos longos e brancos, desfiados, assim como a barba igualmente alva que descia até a linha da cintura. Seu hábito puído, marrom-escuro, combinava perfeitamente com aquela figura que recordava, apesar de tudo, um velho druida saído de uma lenda celta.

Ao seu lado, no chão, havia um pedaço de pão de centeio que Mita apanhou com um suspiro de reprovação:

– Agora ele dorme enquanto está comendo.

Com um sorriso maroto, Mita cortou um capim comprido que crescia pelos interstícios das pedras e, com ele, coçou sutilmente o nariz do Monsenhor. Este passou a mexer o nariz e espanar com a mão o que, ainda dormindo, julgava ser algum inseto. Ela soltou uma risada divertida.

– O Papo diz que eu faço gato e sapato dele! Papo! Ei! Acorda! Vá dormir na cama…

Com as mãos ela limpou os farelos de pão que haviam se esparramado pela barba e pela túnica do seu tutor.

– Vamos, Papo! Tem visita...
– Visita? Quem é? – O velho monge pareceu despertar de um sono profundo.
– Ele se chama Érico. É branco como farinha! – Ela soltou um riso alto. – Chegou ontem com aquele navio pequeno que o senhor viu...

Monsenhor apanhou uns óculos de lentes tão grossas que seus olhos pareciam flutuar no rosto, imensos.

– Pegaram a tempestade? – Monsenhor perguntou, examinando Érico com curiosidade.

– Pegamos, sim.

– Bem, não é necessário dizer que escaparam... – ele soltou um riso mesclado a um longo bocejo, mostrando uma boca banguela. – Bem-vindo... Érico...

– Obrigado.

– Venha para a cama, Papo! O senhor passou a noite lendo...

De fato, na mesa ao lado havia um grosso livro, uma Bíblia encadernada com couro e um toco de vela apagada. Mita pegou Monsenhor pelas mãos e levou-o para uma cama que ficava na parte mais profunda e escura da gruta.

– Com licença, meu amigo... – o ancião disse, deixando-se levar quase como uma criancinha por sua mãe.

Depois que ajeitou o velho, Mita se voltou para Érico.

– Gosto muito do Papo. É como eu chamo o Monsenhor. Ele é uma pessoa boa que sempre cuidou de mim, sabe? Agora eu também cuido um pouco dele, porque às vezes a cabecinha dele dá uma variada. Mas sempre volta... e aí começa a falar de Jesus... de histórias da Bíblia...

Érico sorriu vendo aquela garota esperta caminhar com naturalidade pela gruta. Ela cortou dois pedaços do pão, apanhou leite de cabra de uma vasilha e chamou-o para comer o lanche inesperado do lado de fora. O dia ainda festejava o fim da tormenta, com o sol lançando raios brilhantes por toda parte que a vista alcançava. Os gritos das aves também pareciam celebrar a manhã claríssima.

– Ele cuida de todos aqueles meninos e meninas?

– Sim… Mas só eu moro com ele, sabe? Os outros moram na Vila ou com mãe Marita – Mita falou, mastigando com voracidade o pedaço de pão. – Mas conta mais de você… Por que vocês vieram aqui para San Fernando? Quase ninguém para aqui.

– Eu também não sei. O Capitão não fala muito sobre os planos dele. Na verdade, ele queria me deixar em Nantucket. Chegamos a passar lá, mas a família que me criou tinha se mudado para o continente e ninguém sabia dizer o paradeiro direito…

– Ele queria deixar você lá?

Érico abaixou o rosto.

– É… Ele acha que está velho… Está cansado… Fica preocupado comigo.

– Sei. Acha que não vai poder ficar cuidando de você, não é?

– É… Ele acha que eu… bem… que não é bom ficar só naquela vida com marinheiros. Diz que eu quase não conheço gente da minha idade… Mas ele não tem ninguém mais… não tem nem família direito… Na verdade, ele não fala muito sobre ele mesmo.

– Bem… talvez por isso ele tenha vindo para cá.

O grumete olhou dentro dos olhos espertos da menina e acompanhou os prolongamentos do raciocínio dela. Certo… Em que outro lugar um garoto como ele poderia ser deixado? Afinal, o que ele era senão um órfão dos mares? Mas será que o Capitão havia mesmo planejado isso, ou fora o acaso da tempestade que fizera o Turmalina embicar até aquela ilhota?

Mita percebeu que a sua sugestão havia incomodado o menino e calou-se, lançando para ele um olhar cheio de simpatia.

– Bem, se você ficar, vai gostar daqui… – falou, afinal. – A gente até que se diverte bastante… Quer dizer, pra uma criança até que é um bom lugar. Tem a prainha, as encostas… Mas quando eu crescer e não tiver mais o Papo… ah… vou querer sair daqui… se vou!

Naquele momento algumas cabeças despontaram pelo caminho que levava até a gruta-cabana. Eram outros meninos e meninas, uns quatro ou cinco, que chegavam lançando olhares na direção do estrangeiro.

– Olha aí esse bando de gente curiosa! – Mita riu, apontando para os recém-chegados. – Eis aí o meu bando!

O PEQUENO BANDO

Como em todo lugar, o grande grupo de crianças que se acocorava nas pedras para receber os navios – os órfãos dos mares – se subdividia em diversos outros grupos menores. Essa divisão se dava por razões de idade, de simpatia, de temperamento e de diversos outros desses detalhes que juntam ou separam as pessoas. E aquele bandinho pequeno que se acercou de Mita e do estrangeiro vivia sempre junto e costumava se reunir na gruta do Monsenhor, lá no alto de San Fernando.

O bando era constituído por umas cinco ou seis crianças: um garoto mais velho, de nome Alonso; um negrinho que todos chamavam de Nagogo – e que balbuciava palavras em português entremeadas com um dialeto incompreensível, provavelmente da sua terra de origem; duas meninas: Lívia e Valença; além de um menino menor, Leopoldo, ou Leo, que a todos seguia sem dar um pio.

Alonso, na verdade, estava um tanto dividido entre permanecer naquele grupinho, magnetizado pela presença de Mita, ou se bandear para alguns dos grupos de garotos mais velhos. Estes, desde que os desgarrados Pocilga e Estrambolho foram se refugiar na ilha, passaram a seguir os dois para todo lado, recebendo deles a pior influência possível. Tornaram-se agressivos, imitando o jeito de falar daqueles piratas. Claro que isso foi motivo de preocupação pelos que tinham pais ou mães no povoado dos pescadores.

Mas, por mais que estes proibissem, os garotos pareciam encantados em ter por perto corsários que tudo desafiavam e viviam sem lei. Além do quê, os dois bandidos, aproveitando que San Fernando não possuía nem sequer uma guarda, passaram a viver como príncipes da ilha, ameaçando os pescadores, fazendo exigências. Era como se agora eles fossem a lei do lugar, e isso causava em vários meninos maiores uma atração irresistível. E alguns deles caçoavam de Alonso, por ele andar com aquele grupo de crianças menores, sem perceber que ele, apesar de naturalmente alto, não possuía a idade dos mais velhos.

Ainda assim, aquelas gozações mexiam com ele. Por conta disso, tornara-se arredio e agressivo nos últimos tempos. E só não passara a andar de vez com os meninos mais velhos porque mãe Marita, sua mãe natural, vivia ralhando para que ele não acompanhasse os mais briguentos.

Lívia, Valença e o pequeno Leo, embora tomassem parte dos órfãos da ilha, não o eram literalmente. Eram filhos de pescadores do lugar, estes sim filhos ou netos de deportados ou náufragos e órfãos de gerações anteriores, trepadores de rochas, como os da atualidade.

Já o negrinho Nagogo tinha uma história curiosa: certa feita, um navio negreiro daqueles que buscavam escravos em terras africanas foi obrigado a parar em San Fernando, por conta de problemas com o capitão. Uma ferida na perna do homem gangrenou e ele passou muito mal no navio, com febres e delírios. Resolveram atracar naquela ilha para atender melhor o doente, mas este não resistiu aos tratamentos e acabou morrendo.

Enquanto tal coisa se dava, um dos escravos conseguiu se soltar dos ferros e libertou os demais. Eles então se refugiaram nas costas da ilha e, durante algumas semanas, foram alvos da perseguição dos espanhóis, que não queriam perder a sua "carga". Ao fim, todos os que não morreram em combate direto acabaram sendo recapturados e levados ao navio, que seguiu seu destino até Santo Domingo.

Semanas mais tarde, as crianças descobriram escondido no oco de uma árvore aquele negrinho franzino. Assustadíssimo, ele não queria sair de modo algum do esconderijo. Chorava, gritava coisas na sua língua e parecia sentir falta da mãe, pois só se acalmou quando levaram mãe Marita até ele. A mulher acabou assumindo a guarda do refugiado. Assim ele cresceu com os demais, aprendendo a falar um pouco de espanhol na vila e um pouco de português com o Monsenhor, entremeando tudo com expressões incompreensíveis. Seu nome, na verdade um apelido, era uma tradução sonora aproximada de como ele mesmo dizia se chamar, ou de como era chamado na sua terra natal.

E aquele pequeno bando passou a crivar Érico de perguntas, algumas delas já feitas por Mita, outras diferentes. Eles queriam saber principalmente sobre o velho, mas imponente, Capitão Falcão Gaivota. Repercutiam o interesse de toda a população da ilha em relação àquele homenzarrão falante. Quase não se comentava outra coisa na vila dos pescadores: a notícia da sua chegada havia se alastrado, como qualquer coisa que acontecia de diferente naquele povoado minúsculo. Era assim com todo barco, extraviado ou não, que ali soltava suas âncoras.

Afinal, todos eles traziam notícias do mundo, do grande mundo que passava ao largo de San Fernando. Mas havia em relação ao Capitão Falcão Gaivota um interesse particular por causa, sem dúvida, das histórias que ele contava, todas aventurescas. Mas também porque as pessoas se intrigavam com a sua pessoa: quem era, de fato, aquele homem do mar? Ou, antes, a que tipo de mar pertencia? Ao mar dos negociantes, dos guerreiros, dos traficantes, dos corsários ou dos pescadores de baleias? Parecia que a todos e a nenhum ao mesmo tempo.

E as perguntas das crianças refletiam de um modo ingênuo esta perplexidade. Até Nagogo fazia muitas perguntas, querendo saber se porventura Érico e seu Capitão não haviam avistado algum parente seu numa das viagens, fazendo descrições pormenorizadas dos tipos físicos, jeitos de falar. Lívia e Valença, irrequietas por natureza, atravessavam o grumete com tantas perguntas que ele mal conseguia responder a todas até o fim. Mita se via obrigada a intervir em favor de seu novo e interessante amigo:

– Calma aí, vocês duas. Ele já explicou que o Capitão Falcão Gaivota pescava baleias... e também foi parar num navio de piratas... Deixem o coitado respirar um pouco.

– É verdade que ele serviu na Armada Espanhola? – disparou Lívia.

– Ele disse que sim, quando era muito jovem... Mas, como eu disse, ele não gosta de falar muito do seu passado... – Érico respondeu.

– Nossa. Fez de tudo esse homem! – Valença exclamou, e completou com certa acidez nas palavras:

– Você acredita que foi tudo verdade?

Érico baixou o rosto diante daquele olhar firme e decidido.

– Acredito... – disse meio para baixo.

A verdade é que, desde pequeno, Érico acreditava em cada palavra do Capitão, em todas aquelas histórias que atravessavam tantas épocas e tantos oceanos. Histórias que iam de um polo a outro, do estreito de Bering até a Patagônia; do território onde os distantes chineses haviam construído uma muralha imensa até as costas quentes da África; das ilhas misteriosas do Pacífico até o rio chamado da Prata, que levava ao interior do novo continente.

Entretanto, de uns tempos para cá, mais precisamente durante o último ano, algumas dúvidas passaram a atormentar o grumete. Seria mesmo verdade aquilo tudo? Pois não havia porto em que eles paravam em que o Capitão não era chamado de mentiroso, de palhaço mesmo, sendo alvo de todo tipo de piada. Será que o Capitão havia visto todas aquelas coisas ou apenas recontava aventuras que havia escutado?

Mas Érico ruminava essas dúvidas em segredo, sem jamais ter tido coragem de confessá-las abertamente para o seu tutor, que era para ele um herói. Assim, quando faziam perguntas como essa, ele jamais deixou transparecer nas suas palavras qualquer dúvida, por espírito de equipe, por achar que devia tomar partido, lealmente, daquele homem que sempre cuidou dele. Apenas uma leve sombra nublou seu rosto ao responder à pergunta franca de Valença – sombra que apenas Mita, com sua sagacidade natural, percebeu.

– E esse Mar Interior? Você acredita mesmo nessa palhaçada? – Alonso desferiu com grande agressividade.

Esse era um ponto dos mais delicados para Érico. Quando era menor, ele amava a história do Mar Interior, mas agora percebia como ela podia ser absurda para as pessoas. Ainda assim confirmou sem pestanejar, sem deixar de sentir a hostilidade que vinha daquele garoto comprido, de rosto espinhento.

Até aquele momento, Alonso e o pequeno Leo não haviam falado, o segundo por ser naturalmente silencioso e bom ouvinte. Já Alonso parecia amuado, incomodado de algum modo com toda aquela atenção que Érico recebia. Se fosse o filho de um capitão de alguma armada poderosa, ou mesmo de um corsário… Mas era tripulante daquela casca de noz que chamavam de nau, capitaneada por uma figura grotesca, alvo de zombarias.

– Acredito, sim – respondeu Érico, depois de olhar bem para o rosto cheio de malícia do seu interlocutor.

– Acredita mesmo ou está falando assim por causa do seu Capitão? – o garoto voltou a atacar, ainda mais enfaticamente. – Não precisa fingir aqui… Ninguém vai contar nada. Aliás, parece que os outros que vieram com vocês não vão continuar viagem… Ouvi dizer que se engajaram naquele navio que sai hoje… Um navio de verdade, se é que você entende…

Érico ruborizou e, como era muito clarinho, o rubor transparecia em seu rosto de modo visível. Na verdade, aquelas deserções aconteciam sempre, em quase todo porto. Não se sabe com que artes o Capitão Falcão Gaivota conseguia convencer alguns marinheiros a servir no Turmalina dos Mares.

Mas estes logo desistiam, por não entenderem a serventia ou o propósito da viagem.

– Escuta aqui, Alonso… – Mita tomou as dores do grumete. –Você está é com inveja, porque o Érico já anda aí pelos mares e conhece o mundo. Enquanto você só sabe subir nas pedras e ficar olhando os barcos passar!

Todos riram. Alonso aspirou o ar pelo nariz, num gesto de orgulho ferido, e empertigou-se todo.

– Mas eu vou sair daqui um dia. E vou embora num navio de verdade, e não nessa porcaria aí… E ainda mais tendo como capitão um palhaço desses. Com licença que eu tenho mais o que fazer!

Alonso disse isso já se levantando e tomando o rumo de volta.

– Lembranças para mãe Marita! – Mita gritou num tom de desafio.

– Serão dadas! – Foi a última coisa que Alonso disse, antes de desaparecer por completo.

– Não ligue para ele – Mita falou para Érico –, o Alonso é boa gente. Mas está meio esquisito ultimamente…

– Desde que passou a andar com aqueles grandões… – confirmou Valença.

Naquele momento, a porta se abriu e Monsenhor apareceu com passos pequenos e inseguros:

– O sino! O sino! As matinas!

– Não tem sino, Papo! O senhor andou sonhando…

Ela se levantou com uma expressão divertida e levou-o para dentro. O ancião, confuso, olhava desconfiado para os lados, como se ainda ouvisse o repicar de algum sino distante.

– Quem é mãe Marita? – Érico perguntou, por fim, para desviar o assunto de sua pessoa.

E ouviu um longo relato.

MÃE MARITA

De todas as histórias sobre os habitantes de San Fernando, a de mãe Marita com certeza superava as demais, pelo inusitado. Lívia e Valença bem que tentaram explicar para Érico aquela biografia surpreendente, mas não conseguiram dar conta de todos os aspectos envolvidos naquela presença improvável.

Na verdade, Marita era um nome de batismo cristão de uma índia que vinha lá do sul do continente, das terras brasileiras, mais precisamente de uma ilha batizada de Cananeia pelos portugueses. Ela descendia de uma tribo guarani que, segundo contava, depois de dizimada por outra tribo rival, saiu perambulando pelo continente em busca da "terra sem mal", uma curiosa crença daquela gente.

Acabaram dando com o oceano e, na tentativa de atravessá-lo, chegaram apenas à referida ilha, que, entretanto, estava bem longe de ser a tão sonhada terra. Bem pelo contrário, havia por lá tráfico de índios feito há gerações por europeus. Mas ela tivera a sorte de cair nas graças de um capitão espanhol chamado dom Abelardo Yañez, que ali aportou sem licença e acabou entrando em conflito com a descendência de um desconhecido Barão ou Bacharel que tomava conta do lugar.

Na fuga, ele levou a índia, que batizou e tomou como mulher, muito embora tivesse esposa e filhos na Espanha. Ainda assim, a índia recebeu um batismo de um padre que seguia no navio e adotou o novo nome. A viagem, segundo o relato da índia, foi atribulada, sempre combatendo portugueses ou tribos hostis. Ao fim, com a tripulação debilitada, o capitão acabou parando na ilhota de San Fernando. Achou o lugar propício para estabelecer uma morada provisória, enquanto se preparava para voltar ao sul do continente com a esperança de navegar o rio da Prata – seu projeto inicial – e, subindo pelas águas serpenteantes, encontrar o tesouro incaico.

Mas, como tal travessia iria requerer um preparo, e também dinheiro, acabou voltando para a Espanha, deixando Marita grávida de Alonso. Retornou dois anos depois, conhecendo então seu filho bastardo e trazendo para a mulher um baú com roupas de fidalgas espanholas. Ali recrutou os últimos homens e partiu para a sua delirante aventura, da qual nunca mais retornou.

A índia, que possuía graças ao marido a melhor residência da ilha – uma casa rústica, feita de madeira, com ampla varanda –, apesar do seu tamanho franzino, vivia para cima e para baixo com aqueles vestidos que ganhara de presente, aquelas roupas de fidalgas europeias que tão pouco combinavam com ela. E, como com o tempo o tecido rasgava aqui e ali, ela remendava como podia e seguia utilizando sem a menor cerimônia.

Ao mesmo tempo tornou-se uma referência no lugar, pois sua casa serviu de abrigo para muitos daqueles órfãos, ou para náufragos que apareciam do nada, além de desterrados diversos. Mas não permitiu a entrada ali de corsários como Pocilga e Estrambolho, e não por falta de tentativa da parte deles. Mas a mulher, apesar de pequena, sabia ser convincente quando queria.

Alonso ralhava com a mãe, por ter que dividir a casa e a atenção dela com outras crianças e não poder se vangloriar com os meninos mais velhos por abrigar os piratas ou conviver com aquelas perigosas figuras mais intimamente. E ele tinha puxado o caráter da mãe, que estrilava fácil com as coisas, assim como seus olhos amendoados. Já o nariz era igualzinho ao do pai, grandão, empinado pra frente.

E, tão logo ele chegou em casa depois daquela conversa ríspida no alto da ilha, isolou-se no aposento que usava como quarto. Mãe Marita foi logo saber se ele tinha estado com os corsários, e recebeu uma resposta seca:

– Não! Estive com aquele bobo que chegou ontem na ilha. Que menino convencido. Não para de falar daquele Capitão... Como se aquilo fosse um Capitão de verdade!

E contou para a mãe sobre Érico e o Capitão Falcão Gaivota. Marita escutou com vaga curiosidade, enquanto separava e limpava umas vagens. E, quando ouviu do filho revoltado a referência sobre a suposta viagem daquele aventureiro falastrão pelo Mar Interior, uma antiga nostalgia iluminou seu semblante.

A SEGUNDA NAVEGAÇÃO

Depois que a lenta digestão se consumou, o Capitão Falcão Gaivota espreguiçou e espanou o resto de sono com um bocejo trovejante. Então, com extraordinária disposição de espírito, resolveu convocar seus subordinados para uma faxina no Turmalina dos Mares – além de reparos no casco que havia esbarrado numa das inúmeras rochas que cercam San Fernando.

Seu bom humor logo se dissipou quando Érico – que encontrou junto com o pequeno bando perambulando a esmo pela ilha – lhe contou sobre a deserção. Como se não estivesse acostumado com isso, o Capitão esbravejou por demais, chamando os desistentes de nomes sonoros. O pequeno Leo, assustado com aquele rompante, foi se afastando devagar, os olhos esbugalhados na direção do homenzarrão, escondendo-se atrás de Mita.

Mas, assim como a raiva veio, desapareceu. E de um modo tão surpreendente que deixou as crianças perplexas. Érico, velho conhecedor daquelas bruscas mudanças de humor, sorriu com as expressões de susto dos novos amigos.

– Quer saber? – trombeteou Falcão Gaivota. – O dia está bonito demais para ficar se preocupando com um bando de borra-botas. Humm... estou com vontade de comer manga. Tem manga por aqui?

Mita não pôde evitar uma gargalhada. Depois levou o Capitão e os outros para comer manga, atividade que durou o resto da manhã. Leo, ainda ressabiado, permanecia dois passos atrás do grupo, medindo com o olhar aquele homem enorme, como se calculasse até que ponto ele podia ser considerado confiável. Aos poucos, entretanto, ficou hipnotizado com as histórias que não paravam de cair daquela boca falante.

Tais histórias atravessavam os mares, como a do paxá indiano que o recebera na sua corte, onde foram servidos suntuosos banquetes, enquanto mulheres dançavam com véus esvoaçantes. A mímica de tal dança, feita por aquele homem corpulento, causou nas crianças ataques de hilaridade: Nagogo era um que não parava de rir.

Outras crianças se juntaram ao pequeno bando e logo uma armada de infantes seguia o Capitão procurando não deixar escapar nadinha daquelas narrativas sobre lugares exóticos e personagens misteriosos que viviam muito além daquele horizonte tão conhecido.

Afinal, foram todos para bordo do Turmalina dos Mares, o que ocasionou grande euforia, pois as crianças nunca antes puderam entrar tão à vontade numa embarcação. E, enquanto o Capitão foi ele mesmo dar um jeito no casco avariado, todo o bando ajudou Érico a lavar o convés e outros compartimentos. E faziam isso quase como se tomassem posse daquele navio, ou fossem proprietários zelosos cuidando do seu patrimônio. De longe, os meninos mais velhos, entre eles Alonso, acompanhados de Estrambolho e Pocilga, olhavam a cena com risos zombeteiros.

Mais tarde, enquanto todos descansavam da trabalheira espalhados pelo tombadilho, Mita se aproximou de Érico e confessou que tinha achado o Capitão muito simpático, no que o grumete concordou abrindo um sorriso.

– Mas por que ele tem esse nome esquisito? – a menina perguntou, lançando um olhar ao grande homem que, cercado de crianças, contava alguma história mirabolante.

– O nome dele, de verdade, é outro... – explicou Érico. – Parece que é Francisco não sei do quê. Ele não fala muito, sabe?

– É… você disse…

– Quer dizer, ele fala pelos cotovelos assim desse jeito que está fazendo agora… dessas aventuras. Mas às vezes fica muito quieto. O que eu sei é que Falcão é um apelido que ele ganhou quando trabalhava nos baleeiros, porque, quando subia no mastro para vigiar, avistava baleia mesmo que elas estivessem lá bem longe e aparecessem só com as costas na superfície…

– E Gaivota?

– Gaivota eu não sei bem. Ele nunca explicou, acho que porque ele gosta das gaivotas, dos barulhos que elas fazem. Dá pra saber que tem terra quando se escutam os gritos dela…

– Mas todo o mundo acha esquisito esse nome. Parece que não é de um capitão de verdade.

Érico abaixou o rosto, como sempre fazia quando algum assunto o incomodava, talvez para ocultar aquele rubor que traía os seus sentimentos.

– Ele mudou para esse nome… na… segunda navegação…

– Como assim?

– Isso eu não sei explicar direito. Vem cá…

Érico levou Mita até o Capitão e tiveram que esperar ele terminar uma história que se passava no delta do Nilo e envolvia jacarés e piratas sarracenos. Depois que ele terminou a narrativa em seu estilo grandiloquente, Érico pediu a ele que explicasse para Mita sobre a segunda navegação.

– Ah! – Falcão Gaivota exclamou, soltando um suspiro compenetrado. – A segunda navegação… Sim, sim… Bem, existem a primeira navegação e a segunda navegação.

– O que tem na primeira navegação? – adiantou-se Mita.

– A primeira navegação serve para essas coisas como guerrear ou conquistar… ou mesmo pescar baleias… ou até traficar, comerciar, piratear, descobrir terras, todas essas coisas que vocês conhecem…

– E a segunda?

Falcão Gaivota percebeu o olhar faiscante de Mita e sorriu antecipando o que ia dizer:

– A segunda navegação… Bem, a segunda navegação… não serve para absolutamente nada!

E soltou a maior gargalhada, no que foi seguido por todas as crianças.

– Quer dizer… serve apenas para… navegar! – ele completou, e depois, virando-se, saiu do navio num grande rompante indo na direção da estalagem, sempre rindo. Algumas crianças o seguiram pelo caminho. Érico notou que Mita não tinha ficado satisfeita com aquela resposta. Os dois foram até o leme e ali permaneceram calados um tempo, fitando o oceano tão calmo que nem lembrava o mar encapelado de dois dias atrás.

A PRIMEIRA NAVEGAÇÃO

Érico, percebendo que as dúvidas sobre o seu mentor se amontoavam no cérebro de Mita, resolveu contar tudo o que sabia sobre ele. Narrou o que havia acontecido na aventurosa vida do Capitão. Não que ele soubesse em detalhes, ou mesmo que tudo aquilo lhe tivesse sido narrado pelo próprio Falcão Gaivota de modo completo, do início ao fim. Como era um garoto atento, foi montando o quadro como alguém que completa um quebra-cabeça a partir de pequenas observações, restos de conversas, uma confissão ou outra feita em momentos oportunos, como longas calmarias no mar. Pois o Capitão não era de falar dessas coisas mais íntimas, preferindo exercitar seu temperamento épico na descrição das grandes aventuras de que supostamente tomara parte.

E o Capitão Falcão Gaivota que surgiu daquela descrição pareceu para Mita completamente diferente da pessoa que ela via em pessoa. Érico descreveu outro homem, ou outro lado do mesmo homem. De qualquer forma, era alguém quieto, cismador, que passava horas na borla dos mastros, fitando o horizonte. Alguém com um passado misterioso.

De tudo no mar aquele homenzarrão fez, pois o mar lhe atraiu desde que era um jovem e não conseguia imaginar outra vida para uma pessoa além de singrar os oceanos, vivendo aquela vida de marinheiro, conhecendo portos, países e povos diferentes. Alistou-se em armadas como soldado, chegando a participar de combates. Entretanto, a guerra e as mortes o abalaram terrivelmente. Então mudou para a marinha mercante, onde serviu por anos e anos, mas as transações comerciais, a eterna busca de mercadorias, de troca e venda, também tampouco satisfizeram o seu temperamento aventureiro.

Passou para as navegações de pesquisa no interior do novo continente descoberto ao sul da linha do Equador, a América indígena, chegando mesmo ao extremo da terra conhecida como Brasil, e subiu o rio da Prata – o mesmo onde o pai de Alonso fora buscar o tesouro do povo inca. No caminho acabou tendo que guerrear com índios, portugueses, franceses, holandeses, chegando a cair nas mãos de um terrível pirata, para o qual trabalhou em troca da sua vida e onde viveu muitas das aventuras que gostava de narrar para qualquer público disposto a ouvir.

Quando conseguiu se libertar daquele bandido das águas, continuou no mar trabalhando na pesca baleeira, destacando-se por seus serviços. Ali conheceu Lars, o pai de Érico, que se tornou seu grande amigo. Ainda assim, cada vez que os arpões rasgavam a pele das baleias, Falcão sentia como se estivesse cometendo um crime. E depois aquele cheiro do óleo da baleia era horrível. Para culminar, a morte de seu grande amigo Lars foi sentida de um modo muito profundo, fazendo que ele largasse a pesca aos grandes cetáceos.

Como não sabia fazer outra coisa da vida, voltou a se engajar no que acabou considerando o pior tipo de navegação: o tráfico de escravos. Presenciou cenas horríveis, com africanos sendo caçados e trazidos em ferros, nas condições mais perversas. Viu cenas tão horríveis que chegou a desistir de navegar e foi para Nantucket, onde na época da caça das baleias havia conhecido uma família com quem tinha deixado Érico.

Era a segunda ou terceira geração daquela gente que havia abandonado a velha e viciada Europa em busca de ares puros no Novo Mundo. E durante um tempo o Capitão permaneceu em terra, pensando mesmo em se estabelecer no comércio. Trabalhou durante um ano num entreposto que comerciava óleo de baleias, o famoso espermacete que serviu de fluido para tantos lampiões e lamparinas que iluminavam os lares da terra.

Mas foi ficando muito triste e chateado, até que caiu de cama, numa doença cujas causas não eram encontradas pelos médicos locais. Diagnosticou-se ele mesmo, dizendo que estava com nostalgia das águas: o mar o chamava. E, quando perguntavam para onde ele iria, vinha com a conversa de descobrir o Mar Interior. Aí todo o mundo achava que a cabeça dele não estava boa, porque aquela era uma espécie de lenda. E não queriam deixá-lo partir. Ainda assim ele insistia, dizendo que precisava voltar a navegar, simplesmente navegar, pois navegando estava em seu elemento, era ele mesmo.

– Foi então que começou a segunda navegação... e ele passou a se chamar de Falcão Gaivota! – disse Érico. – Aí ele conseguiu o Turmalina dos Mares, que estava encostado num cais, sem uso e estragado. Como ninguém o queria, comprou por uma bagatela, usando todas as suas economias. Reformou-o e resolveu procurar o Mar Interior. Aí começou essa história, mas eu não sei dizer direito quando foi, quer dizer, a data certa. Teve também outras viagens e eu não sei qual foi antes, qual foi depois. O Capitão às vezes fala uma coisa, às vezes outra. Só sei que quando voltava de uma viagem vinha sempre para me ver. Até que, como eu te disse, um dia eu pedi e ele me levou junto. E agora aqui estamos...

– Mas eu não entendo... Para que ele navega, quer dizer, para onde ele vai? E, depois, como ele mantém um navio? Mesmo um navio pequeno como este aqui... nossa... não deve ter um custo muito baixo. Ouço o pessoal daqui da ilha falar sobre as viagens. Sei que custam caro. Como ele arruma dinheiro? Como faz? E por quê?

Eram tantas as dúvidas que Mita ainda tinha a respeito daquele misterioso personagem, que Érico nem sabia como começar a responder. Nem ele mesmo conhecia todas as respostas. Quem o salvou foi Nagogo. O negrinho veio correndo avisar que o Capitão precisava do pupilo na taverna. O grumete se foi, deixando Mita sozinha.

 E ela, que nunca pudera estar dentro de um navio com tanta calma e intimidade, sem nenhum marujo enxotando, passou a manejar o leme de brincadeira enquanto esvoaçantes imagens atravessavam sua imaginação.

NOITE NA TAVERNA

Cortezino, que não tinha nada de bobo, afixou um pequeno cartaz na porta do Bucaneiro Risonho anunciando a presença do Capitão Falcão Gaivota e sua narrativa sobre o Mar Interior. O cartaz em si era inteiramente desnecessário, uma vez que naquela ilhota qualquer notícia era propagada imediatamente de modo verbal e a maioria nem sabia ler. Mas a intenção era dar ao evento uma formalidade que lhe permitisse cobrar algum ingresso, nem que fosse na forma de gêneros alimentícios. Ainda assim, apesar de o navio que estava em reparos ter zarpado e levado consigo um grande contingente, tão logo o sol descaiu no horizonte o salão se viu lotado de moradores da ilha.

Estrambolho e Pocilga esbravejavam eufóricos, dizendo que aquele mentiroso teria que ser bem convincente nas suas bazófias se não quisesse terminar o dia lançado aos tubarões de cima daqueles penhascos que cercavam a ilha. Para o bem da verdade, essa alegria selvagem era o refluxo dos dias incontáveis de tédio que os dois haviam passado desde que tinham se exilado em San Fernando por conta de juras de morte, vindas dos próprios companheiros de vida corsária – o que basta para exemplificar o "excelente" caráter da dupla.

Cansados de tiranizar os moradores da ilha, os dois encontraram em Falcão Gaivota um excelente alvo para exercer o seu império de ameaças e terror. Aquela palestra se tratava, pois, de um julgamento informal no qual o Capitão recém-

-chegado teria que provar sua inocência de um modo absurdo, uma vez que não tinha provas materiais das suas histórias. Tudo o que ele contasse ali naquela noite dependeria da credulidade de todos em geral e dos dois piratas em particular. E esses, como juízes autoproclamados, "bateriam o martelo", o que os divertia bastante.

Érico conseguiu, graças à influência do Capitão com Cortezino, introduzir seus novos amigos naquele ambiente proibido para crianças. Mita, Lívia, Valença, Nagogo e o pequeno Leo ficaram, portanto, espremidos atrás daquela mesa próxima à janela, a mesma que o grumete e o Capitão haviam usado no primeiro dia e que enquadrava uma bela vista da lua nova boiando ao mesmo tempo no céu e no oceano.

Alonso, por conta da sua rivalidade gratuita com Érico, preferiu permanecer com os meninos maiores. E estes se espremiam e se esticavam do lado de fora das janelas, tentando acompanhar o que se passava lá dentro, naquele evento que se tornara um eixo galvanizador de todas as atenções de San Fernando. O salão vibrava de expectativa. Cortezino e seus ajudantes mal davam conta de servir bebida para todos.

E foi então que, vindo de seu quarto como um ator que saísse da coxia do teatro, o Capitão Falcão Gaivota entrou naquele ambiente carregado provocando com sua presença imponente um silêncio não se sabe se de respeito ou apenas curiosidade. Para quebrar aquela suposta reverência, Estrambolho foi logo gritando:

– Ah! Eis que chega o grande palhaço! Achei que tinha fugido pelos fundos…

Esse comentário provocou uma onda de risadas, ante as quais Falcão Gaivota reagiu com um gesto altaneiro, como querendo dizer que nada daquilo o atingia. Sorriu benevolamente para as crianças no seu canto e recebeu de volta olhares cheios de simpatia: afinal, agora elas eram todas tripulantes simbólicas do Turmalina dos Mares. Por fim, tirou um lenço imenso do bolso e enxugou o suor da testa.

– Não esperava tanta gente aqui... tantos amigos – disse. – Pois considero amigos todas as pessoas que encontro, encontrei ou encontrarei pelos portos do mundo.

– Não adianta puxar nosso saco! – Pocilga falou de modo grosseiro.

– É! – concordou Estrambolho. – Vamos lá! Conte logo sua história!

– Sim... é para isto que estou aqui. No entanto, se me permitem, é necessário esclarecer alguns pontos, para que tudo o que eu disser fique bem dito, sem rachadura, certo? E, depois, eu gostaria de poder falar sem ser interrompido. Senão saio daqui agora mesmo!

Ante esta ameaça o silêncio retornou, pois ninguém queria ir dormir sem escutar aquela narrativa, por mais delirante que ela fosse. Os dois piratas, para não dizer que se sentiram ameaçados, trocaram caretas zombeteiras como se dissessem: "Nossa, o homem está bravo." Mas nada acrescentaram.

Então, o Capitão iniciou seu esperado relato sobre a experiência no Mar Interior.

– Amigos... vivemos em tempos modernos e velozes. Imaginem vocês que um navio baleeiro em que eu trabalhava sofreu um acidente, isto na América mexicana. Um ano se passou e eu estava num porto do mar da China, quando ouvi comentários sobre aquele acidente. Um ano apenas! As coisas hoje caminham numa velocidade vertiginosa, e o mundo está todo interligado. Navios cruzam os oceanos de cima a baixo, todas as terras foram descobertas... Assim... não haverá nada de grande ou novo para se descobrir, nenhum continente, nenhuma ilha, nada!

O Capitão passou novamente o lenço na testa e acrescentou com um tom misterioso:

– Nada mesmo? Não, queridos amigos, eu vi com meus próprios olhos um mundo que ainda está por ser inteiramente descoberto... Eu fui até... o Mar Interior!

Falcão Gaivota lançou um olhar satisfeito para toda aquela assistência, feita de gente rude, de pouca sutileza. Entretanto, as expressões fisionômicas eram as mesmas que faziam os públicos mais refinados, até mesmo de príncipes e filósofos, que havia entretido. Não havia apenas um tipo de expressão, mas uma gama variada, unificada por uma mesma perplexidade. Em alguns essa perplexidade adquiria um tom de sarcasmo, em outros, de rejeição e até de raiva. Alguns olhares, entretanto, pareciam fitar o vazio como se desenhassem numa tela invisível os contornos daquele mar submerso.

– E como eu cheguei lá? Sei que vocês devem estar se perguntando isso e vou contar agora em detalhes. Era a primeira vez que eu me aventurava com o meu Turmalina dos Mares, este navio pequeno e valente que vocês veem aí ancorado. Na tripulação, apenas novatos, pois eu não consegui encontrar quem quisesse viajar para procurar este mar que é uma lenda conhecida apenas pelos marinheiros. Bem… acabei encontrando algumas almas corajosas e lá fomos nós… Êeehhh! Lá se foi o Capitão Falcão Gaivota rumo ao Norte, enfrentando borrascas e geleiras!

Neste ponto Pocilga estrilou:

– Que é isso? Como assim… "Lá se foi o Capitão Falcão Gaivota"? Você está falando de você mesmo ou de outra pessoa?

– Claro que estou falando da minha pessoa! É apenas um jeito de falar…

A verdade é que, com o tempo, depois de tanto narrar suas histórias, o Capitão desenvolvera algumas características, como iniciar com um grito, um "Êeehhh!!" muito animado. E também apresentar ele mesmo na terceira pessoa, apenas no início da narrativa.

A razão do grito era simples: anunciava que a aventura tinha começado e começado em grande estilo, com muito ânimo, vigor, coragem, sentimentos pujantes, que devem fazer parte do estado de espírito de qualquer aventureiro que se preze, ou de outro modo é melhor ficar em casa.

Já o início da narrativa em terceira pessoa não possuía um objetivo muito claro a não ser o fato de Falcão Gaivota sentir que alguma fumaça de lenda se impregnava na história. Por isso ele resolveu não deixar dúvida para a assistência:

– Então… sempre que eu disser o meu nome, estou falando de mim e de mais ninguém, uma vez que não existe neste mundo outro Capitão Falcão Gaivota senão este que vos fala. Quem duvidar pode vascular os portos e os navios e não vai encontrar outra pessoa com este nome…

– Claro. Quem iria querer um nome tão estúpido? – Estrambolho atacou, causando um ataque de riso em Pocilga.

– Muito bem… – prosseguiu o Capitão –, uma vez que meu nome já foi julgado por estes dois juízes de nomes dos outros, por sinal chamados Pocilga e Estrambolho, posso prosseguir?

Uma risada coletiva e compacta varreu o salão, causando como um choque nos dois piratas. Pocilga chegou mesmo a tentar desembainhar sua espada, no que foi impedido por Estrambolho.

– Assim, como resolvi adotar este nome, e sendo este o nome pelo qual me agrada ser chamado, é a ele que vou me referir inicialmente ao apresentar minha pessoa nesta incrível aventura que a partir de agora passo a relatar. Seus ouvidos estão preparados?

Como resposta um novo silêncio envolveu o salão.

O REMOINHO GIGANTE

— Êeehhh! Lá vai o Capitão Falcão Gaivota na direção do mar do Norte e ainda mais além!… E vai bordejando as terras frias, sentindo na nuca o arrepio do vento gelado. E vai montado no Turmalina dos Mares, investigando se é verdadeiro ou não o boato sobre o Mar Interior. Durante semanas ele navega e não encontra nada… Apenas água do mar. E água do mar é a mesma seja em que oceano for. É água salgada, ruim de beber, amiga nos dias claros, inimiga nas tormentas. Êeehhh!!!

Depois dessa introdução, o Capitão deu uma passada de olhos na plateia para se certificar de que a imagem do navio e o tom da história haviam penetrado na imaginação daquelas pessoas. De fato, todos tinham sido devidamente capturados como numa rede e preparados para embarcar na narrativa. As crianças pareciam eletrizadas ali no cantinho, menos, é claro, Érico, que já conhecia a história de cor e salteado. Até os piratas, apesar da expressão de desprezo, deixavam transparecer a curiosidade pelo que iria ser relatado. Desse modo, Falcão Gaivota prosseguiu agora num tom menos épico e mais intimista, voltando a falar na primeira pessoa:

— E por que estávamos naquele lugar gelado? Porque era o que se dizia pelos mares: que ali era o lugar do tal remoinho que levava ao Mar Interior. Como as pessoas sabiam disso? Não faço a menor ideia. Certas coisas são sopradas assim, parecendo seguir com o vento ou com as correntes marinhas… não sei. O que sei é que tal coisa se dizia à boca pequena, e deste modo resolvi investigar pessoalmente. Mas já estava desistindo, pois nada acontecia naquele lugar a não ser resfriados e constipações. O som de espirros era o que mais se ouvia no convés, todos de nariz vermelho, falando fanhoso. E um baita de um mau humor tomou conta da nau. Por isso pensei em desistir de vez. Mas então… então… uma bela tarde, estando eu no meu sono habitual, um marinheiro veio me avisar que alguma coisa estranha acontecia, pois o navio navegava rápido demais! Tentei mudar a rota, e não consegui. Nós estávamos sendo arrastados por uma correnteza fortíssima.

"Foi quando o vigia gritou lá de cima do mastro, apavorado, apontando na direção para onde íamos: amigos… nunca vi em toda minha vida tal remoinho! Parecia que o oceano tinha formado uma espécie de umbigo gigante que arrastava tudo no seu vórtice, e o Turmalina dos Mares lembrava um resto de alface sugado por um ralo tão imenso que engoliria tranquilamente toda a Armada Inglesa!"

"E aí, queridos amigos… foi um pesadelo. Agarrei-me ao mastaréu e grudei ali mais firme do que uma ostra numa rocha. Vi toda a tripulação ser atirada para fora da embarcação, enquanto o navio era arrastado vertiginosamente em círculos concêntricos, cada vez mais para o fundo, lá para o fundo, que, aliás, parecia não ter fundo de tão fundo que era. Eu estava tonto, zonzo mesmo, temendo ser engolido pelas águas, rezando aos céus, implorando para escapar daquela armadilha…"

"E aí ocorreu a seguinte coisa: o movimento circular cessou e o navio passou a navegar numa linha reta, ainda assim numa velocidade assustadora. A sensação era de que eu estava sendo puxado na direção de uma cachoeira. Mas não dava para saber, pois tudo ficou escuro! Escuridão absoluta, minha gente! Eu não enxergava nem o mastro a que me agarrava, nada, nada. Era como se… se eu tivesse penetrado numa espécie de túnel, ou… numa caverna. Pensei comigo mesmo: diacho, Falcão Gaivota, acho que este é o tal Mar Interior!"

"E o mais estranho de tudo. O frio horrível que sentia antes foi desaparecendo conforme eu me aprofundava naquelas águas escuras. Senti a temperatura se tornar mais amena, até mesmo uma aragem quente parecia subir do oceano ou vir de alguma parte, não sabia dizer, pois nada enxergava. Vocês podem imaginar como isso me afligia… navegar no breu, sem saber se poderia topar com alguma rocha ou sabe-se lá o quê!"

"E aí outra coisa surpreendente ocorreu: a velocidade começou a diminuir… diminuir… Até que o Turmalina dos Mares passou a navegar numa velocidade normal. Mais confiante, eu afrouxei o abraço que dava no mastro, perscrutando em volta para ver se via ou ouvia qualquer coisa. Nada! A não ser, é claro, o rumorejo das águas batendo no casco do navio. Até que aos poucos minha vista foi começando a se acostumar com a escuridão e esta foi se transformando em penumbra. Numa penumbra densa, mas que me permitia ver o que ia alguns metros adiante. Queridos amigos, vou contar: eu me encontrava num oceano… sim, num oceano, num mar imenso, mas envolto por algo que não era bem céu… era… devia ser uma crosta vista por dentro. Era isso… não havia dúvida alguma, os boatos eram corretos. E assim o Capitão Falcão Gaivota havia chegado àquele desconhecido Mar Interior… Êeehhh!"

– Acabou? – Estrambolho perguntou com desdém.

– Acabou? Meu amigo… não só não acabou como nem mesmo começou… Agora, se vocês não tiverem interesse em continuar ouvindo, posso parar sem nenhum problema.

– Bem… – o pirata respondeu –, fazendo de conta que nós acreditamos nessa história, o que aconteceu depois disso?

Alguém no salão disse um "shh!" para que Estrambolho ficasse quieto.

– Quem disse "shh"? Quem foi? – ele ameaçou.

Mas, como todos tinham medo daqueles corsários, ninguém se acusou. Olhares estupefatos, perdidos, vaguearam pelo ambiente sob o exame cuidadoso de Estrambolho e Pocilga. Afinal, Estrambolho falou:

– Não quero ninguém falando "shh" para mim, entenderam? Vamos lá… continue a história!

– Vou prosseguir e uma vez mais gostaria de enfatizar o meu desejo de não ser interrompido a não ser que eu mesmo me interrompa, o que eu não pretendo fazer, certo?

Pocilga não entendeu muito bem, mas fez um gesto afirmativo.

– Muito bem… Lá ia eu agora sozinho no Turmalina, singrando aquelas águas ocultas, tentando descobrir para onde elas me levavam. Quanto mais meus olhos se acostumavam à penumbra, mais me maravilhava com a altura daquela abóbada que envolvia o oceano… E também pensei que em alguma parte devia haver alguma fonte de luz e de ar, pois eu passava a ver com cada vez mais nitidez e respirava com toda naturalidade. E as águas pareciam conter vida, a julgar por uns movimentos que eu percebia bem abaixo do barco. Pensei se tratar de cardumes ou mesmo algum tipo de peixe grande, a julgar pelo volume de água que arrastava consigo. Até que pude ver aflorar o que a princípio parecia ser os costados de um desses peixes. Mas logo constatei se tratar não das costas e sim da fronte de algum animal muito grande.

"E num repente a cabeça daquele bicho que acompanhava a embarcação saiu inteira do fundo do mar e só a cabeça, amigos, só a cabeça era quase do tamanho da quilha do Turmalina! Essa cabeça colossal era amparada por um pescoço que não parava de sair da água, sempre subindo, logo ficando acima do grande mastro e olhando para baixo com dois olhos faiscantes de serpente. Era uma serpente do mar, uma criatura que eu nunca vi mais pavorosa em toda a minha vida."

A SERPENTE MARINHA

Como não era daquela data que Falcão Gaivota contava suas histórias, os olhares incrédulos em sua direção de modo algum o intimidavam. Até pelo contrário, eles o motivavam a caprichar ainda mais na narração, a detalhar, falar de cheiros, texturas, cores, pois via naqueles mesmos olhos céticos que o mediam um desejo de que ele prosseguisse até o fim, como se a história, mesmo parecendo absurda, tivesse dentro de si certa lógica que deveria ser desenrolada até o seu derradeiro fim. Assim, prosseguiu:

– E aquele bicho imenso, que tinha uma pele cheia de escamas esverdeadas e grossas, abriu sua boca, soltando um bafo pestilento e, pior ainda, um som horrível, um guincho, um som tão alto e pavoroso que mesmo tapando meus ouvidos com as mãos ainda feria meus tímpanos. Era alguma coisa assim…

Naquele momento, Falcão Gaivota resolveu imitar o guincho da serpente, para acentuar o impacto da imagem monstruosa. Emitiu um som contínuo, áspero, irritante para os ouvidos, assustador para o coração, e isso no maior volume que seus poderosos pulmões permitiam. Algo como um:

– Íííííííííáááááááááá!!

E todos os que o ouviam, mesmo os mais incrédulos, sentiram um arrepio no couro cabeludo, como se um pavor ancestral brotasse de dentro deles. O pequeno Leo quase começou a chorar e se agarrou ao vestido de Mita. E Nagogo trincou com os dentes um caroço de fruta que ainda dançava pela sua boca. Mas o pior choque quem levou foi Pocilga.

Isto porque Falcão Gaivota, talvez num espírito galhofeiro, deixou para desferir aquele som quando passava atrás do pirata, bem na altura do ouvido dele. Pocilga, que escutava a narração de costas para o narrador, se equilibrando num tamborete, tinha numa das mãos um copo cheio até a metade de rum, que tomava lentamente. E ele não percebeu quando o Capitão se abaixou sutilmente até perto da sua orelha direita para emitir o guincho pavoroso.

A coisa foi tão repentina que o corsário deu um piparote no tamborete e com dois pulos agilíssimos quase saiu pela porta da taverna, não sem antes aspergir seu resto de rum em todas as cabeças. Além disso, não pôde reprimir aquele "aai" que toda gente solta ao ser pega num susto qualquer.

Depois disso virou-se, olhando para todos os lados com olhos atônitos, querendo saber de onde tinha vindo aquele som, como se fosse impossível que "aquilo" pudesse ter saído de boca de gente. Sua expressão era de uma comicidade irresistível, e as risadas que se seguiram serviram também para aliviar a tensão causada pelo grito e pela narrativa.

Pocilga, como sempre, ameaçou tirar a espada da bainha, gesto que só fez aumentar as gargalhadas – pois havia algo de patético em alguém ofendido por causa de um susto. Até Estrambolho, que vinha sempre em sua ajuda, não conseguiu deixar de rir da cara apalermada que ele fazia. Desmoralizado, o pirata largou o punho da espada e, de modo a mostrar a todos quem é que mandava por ali, ordenou para Falcão Gaivota:

– Prossiga!

– Assim o farei. Bem, pela reação deste nosso amigo, vocês podem imaginar o grau do meu pavor. E olha que, como eu disse, ainda tinha aquele cheiro de peixe podre, de algas envelhecidas, de sei lá o que mais que saía daquela boca aberta... Eu já estava preparado para ser engolido por aquela víbora com corpo de peixe, pois não tinha sequer como esboçar uma reação: como fugir dali?

"E naquele momento a serpente, para minha grandessíssima surpresa, nada fez, além, é claro, de soltar aquele grito. Simplesmente mergulhou de novo para o abismo de onde surgiu, desaparecendo sob as águas, não sem deixar de fazer uma grande bolha que quase virou a embarcação. Assim mesmo como eu estou dizendo. Não fez nada comigo. Ou estava sem fome, ou não se interessou por este petisco chamado Falcão Gaivota, que, como vocês podem ver, é bem provido de carnes."

"Fiquei ali na amurada, a bombordo, olhando as águas para ver se a criatura iria voltar ao ataque. Como nada aconteceu, respirei aliviado. Permaneci no passadiço manejando o leme, prosseguindo aquela viagem sem rumo, ou, antes, ao sabor da aventura, pois fui possuído por grande curiosidade para saber aonde aquelas águas iam dar. Assim fiz, torcendo para não esbarrar em outro daqueles mostrengos que deviam ser habituais naquelas águas profundas…"

– Bem como eu imaginava! – Estrambolho gritou interrompendo a narrativa. – Você é mesmo o maior mentiroso dos mares.

– Baseado em que você está dizendo isso? – Falcão Gaivota retrucou, com ar melindrado.

– Está na cara. Esse negócio aí do remoinho, eu não acho que existe, mas todo o mundo fala. Você simplesmente descreveu uma coisa que ouviu dizer por aí. E inventou umas emoções para que a gente acreditasse.

– Isso mesmo! – confirmou Pocilga.

– E a serpente… tenha dó. Todo o mundo sabe que esses bichos não existem. Os antigos é que pensavam… Mas naquele tempo que todo o mundo achava que o mundo terminava num barranco.

– Discordo! – Falcão Gaivota interveio. – Eu ouvi muitos rumores sobre algumas coisas parecidas que foram vistas em lagos das terras do Norte.

– Rumores…

– Ah… quando há um rumor… Quem dirá que aqueles lagos não possuem fendas que dão para o Mar Interior?

– Besteira. Fenda existe é nessa sua cabeça – Estrambolho riu.

E Pocilga gargalhou como para se vingar do susto.

– Ah, ah! Isso mesmo! – falou. – É uma cabeça rachada mesmo a que você tem. E cheia de porcaria dentro.

– Concordo com o meu amigo aqui – disse Estrambolho. – Por isso pode ir terminando a sua lenga-lenga, dizendo como conseguiu "escapar" daquele lugar. Porque já sabemos que tudo não passa de invencionice barata.

– Terminar? Vocês querem que eu termine já?

– Sim. O que mais você poderia contar?

– Bem… eu não falei sobre a terra que eu descobri lá embaixo…

– Terra?

– Um verdadeiro continente! E mais: não falei sobre as pessoas maravilhosas que encontrei…

– Pessoas?

– E não só isso… sobre a floresta e o incrível tesouro!

– Tesouro? – Pocilga e Estrambolho falaram ao mesmo tempo, num tom de voz esganiçada.

– Sim. Tesouro… Pedras raras, meus amigos… rubis em estado bruto… E que quantidade! Foi como descobrir onde a terra fabrica aquelas preciosidades. Como vocês acham que eu tenho navegado esses anos todos? Navegar custa dinheiro! Eu faço isso simplesmente com umas lascas dessas pedras que eu trouxe quando voltei!

– E onde estão? Mostra! Mostra! – Pocilga quase pulou no pescoço de Falcão Gaivota.

– Estão muito bem guardadas, obrigado – o Capitão respondeu de forma enigmática e vaga, com um olhar ofendido.

Os dois piratas trocaram olhares rápidos, indecisos sobre o modo de conduzir aquela situação. Estrambolho, como sempre, tomou a iniciativa:

– Muito bem… muito bem… já que você quer prosseguir com essas mentiras todas… continue. Tem quem goste de ouvir! – falou apontando para o público que de fato parecia ansioso para continuar escutando.

Pocilga, para não ficar atrás do colega, concordou. E ia inclusive acrescentar algum comentário quando outro "shh" sibilou no ar carregado. Ele virou-se furioso:

– Quem foi? Quem foi que fez "shh"? O Estrambolho não disse que não queria ninguém fazendo "shh"? Quem foi?

Todos olharam para os lados na maior desfaçatez, procurando o responsável pelo acinte. Mas era impossível descobrir. O Capitão Falcão Gaivota, com a intenção de superar aquele momento de embaraço, perguntou em altos brados:

– Quem quer que eu continue minha crônica?

A resposta foi um movimento unânime de braços e um coro afirmativo.

– Muito bem, então. Vou passar a narrar como, depois de muito navegar, e achando que aquele mar não tinha fim, eu avistei ao longe o que me pareceu ser uma língua de terra e que depois vim a saber que se tratava simplesmente de… Serena Esplendorosa!

SERENA ESPLENDOROSA

– Êeehhh! Lá vai Falcão Gaivota a bordo do Turmalina dos Mares pelo oceano desconhecido, navegando águas brumosas, *habitat* de serpentes marinhas, na direção de uma terra dentro da terra, uma terra escondida de todas as outras, vivendo a sua vida secreta às margens do grande Mar Interior. Êeehhh!!

Mita, que se espremia ao lado de Érico, percebeu um gesto de retraimento por parte dele. É que o grumete temia pela continuidade da narrativa. Até ali ele sabia que, apesar de todas as coisas extravagantes, dos remoinhos e das serpentes, havia certa suspensão do juízo por parte das pessoas: elas conferiam alguma credibilidade ao Capitão, e isso por diversas razões.

Uma delas, sem dúvida, era uma tendência ao maravilhoso do povo do mar. Coisas eram sussurradas em todos os portos, visões encantatórias, navios fantasmas vagando entre as brumas da madrugada, luzes enigmáticas cruzando os céus em noites profundas, baleias agindo como gente, de modo vingativo – e até figuras mitológicas ou bíblicas eram avistadas no auge de uma tormenta.

A outra razão era que remoinhos e serpentes eram aquisições da imaginação marítima, mesmo que nunca ninguém tenha visto uma daquelas criaturas ou presenciado um remoinho gigantesco.

Mas Érico, que conhecia bem todas as histórias do Capitão, sabia o que estava por vir. Era algo de tal modo inacreditável que em muitos lugares a credibilidade se evaporava e ele sofria ao ver seu tutor fazendo perante os outros papel ridículo. Mas sabia também que nada neste mundo o deteria. Falcão Gaivota era uma força da natureza quando contava suas aventuras. Sua convicção era absoluta.

– Serena Esplendorosa? O que é isto? – Estrambolho perguntou, visivelmente irritado por ver que o "julgamento" do Capitão ainda iria se prolongar.

– É lá que estão os rubis de que você falou? – Pocilga inquiriu secamente.

– Calma… calma! Vejo que vocês dois começam a apreciar minhas aventuras pelo Mar Interior. E com toda razão, pois as coisas que vi naquele lugar eu não vi em nenhuma outra parte. E nenhuma delas se equivale àquele país de sonhos, àquela terra maravilhosa, linda, tão acertadamente chamada Serena Esplendorosa. Mas deixem-me prosseguir…

"Muito embora minha vista já estivesse mais adaptada à luz ambiente, ainda assim não conseguia discernir o que se passava a distância. Foi quando julguei ver terra, e subi no mastaréu para examinar melhor o horizonte. Naquele momento passei a ouvir o distante grasnado de aves, mais precisamente de gaivotas, senhores… Gaivotas! Não sei como aquelas aves encontraram alguma maneira de entrar naquela terra e ali praticavam a sua atividade costumeira de pesca e algazarra. Meu coração bateu mais forte de alegria, por gostar tanto destas aves – e gosto tanto que até passei a usar o nome simpático delas como sobrenome. E também por saber que poderia pisar em terra firme, me alimentar e talvez até encontrar alguma saída!"

"Para melhorar minhas expectativas olhei para cima e vi luzirem no alto o que me pareceu serem estrelas…"

– Ah, ah, ah! – Estrambolho explodiu numa gargalhada. – Ouviu só, Pocilga? Você ouviu isso?

Pocilga acompanhou a risada cheia de escárnio do amigo, apenas para concordar, pois não havia entendido muito bem aonde ele queria chegar. Estrambolho voltou a perguntar:

– Viu, Pocilga… pegamos o mentiroso pela palavra!

– Pegamos mesmo!

– O que você acha disso que ele falou?

– Uma baboseira.

– Claro! Onde já se viu? Estrelas! Como ele poderia ver estrelas?

Neste momento Pocilga entendeu a que Estrambolho se referia:

– Claro! Estrelas! Se ele estava debaixo da terra… como poderia ver estrelas?

– Isso mesmo, Pocilga! Tinha uma crosta de terra em cima da cabeça dele, não importa quão alta. Uma crosta que tapa o céu… é ou não é? Como ele poderia ver alguma estrela?

– Ah, Estrambolho… mas ele vai ver estrelas e muitas daqui a pouco, quando eu der dois tabefes nessa cabeça desmiolada…

– Calma aí os dois! Que açodamento! – Falcão Gaivota disse com energia. – Querem prestar atenção ao que eu digo? Eu não disse que vi estrelas. Disse que… "vi algo que *pareciam* estrelas"…

– Sempre uma desculpinha… – Pocilga comentou com impaciência.

– Não é desculpa, amigos. É a mais pura e cristalina verdade. Cristalina, aliás, é o termo preciso, pois é disso que se tratava, como vim a saber depois. E essa é a maravilha que eu vou narrar: toda aquela "crosta", como vocês mesmo disseram, que se estendia por quilômetros e quilômetros e era tão alta como se fosse mesmo uma abóbada celeste, toda essa extensão que me cobria, se achava, meus senhores, cravejada de cristais! Cristais! Puros cristais! Era um céu de cristal que me envolvia inteiramente.

"E por um misterioso efeito da natureza acontecia o seguinte… Prestem atenção neste ponto: em algum lugar daquele remoto mundo havia alguma fonte de luz, alguma abertura para o mundo de cima, para esta nossa atmosfera. Então… essa luz, ao penetrar, ia se refratando pelas centenas de milhares de arestas formadas por aqueles cristais. Foi isso o que eu confundi com a luz das estrelas. Mas o mais lindo de tudo é que… a luz foi aumentando de intensidade aos poucos, gradativamente. E, se antes apenas eu podia ver um ou outro brilho, com o tempo todo aquele 'céu' foi se iluminando, cintilando, clareando de um modo incrível aquela extensão do Mar Interior, de um modo tal que parecia um dia nascendo, deixando entrever o que antes estava embrulhado pela escuridão!"

"Mas, ao contrário desta luz direta e deste firmamento contínuo nosso conhecido, era como se o céu fosse todo quebradinho, todo facetado por milhões e milhões de fragmentos cristalinos, cada qual recebendo e emitindo a luz que deveria vir daquela fonte desconhecida. Essa luz se esparramava produzindo claridade e me permitindo enxergar agora nitidamente o contorno daquela terra, que antes apenas vagamente eu pressentia. E vi então campos se estenderem à minha frente… campos cultivados! Com bosques, planícies onduladas, outeiros… terra, minha gente… terra habitada! E, para minha agradável surpresa, habitada pelas pessoas mais amáveis que já encontrei em toda a minha vida!"

Naquele ponto, os olhos do Capitão lacrimejavam ligeiramente. Ele usou o lenço que ficava sempre na sua mão para enxugar aquelas pequenas lágrimas, o que provocou admiração na assistência. Ainda mais porque pareciam lágrimas sinceras, vindas mesmo do coração, e não apenas teatro. Os dois corsários fizeram uma expressão de impaciência e também de nojo, como se reprovassem aquela demonstração de sentimentalismo barato num homem. Ainda mais num homem corpulento como aquele, de aparência hostil, acostumado com a sanha dos oceanos.

– Desculpem, amigos… – Falcão Gaivota soltou um suspiro fundo. – É que eu ainda me emociono ao recordar aquelas pessoas. Mas, continuando... Bem, feliz por ver aquela terra de aparência florescente, coberta de vegetação e cultivo, fui me aproximando com o navio e pude notar mesmo a certa distância um movimento de gente na orla. Pensei comigo mesmo: provavelmente eles devem ter avistado o navio e estavam se agitando para ver quem era. Mais próximo, a minha impressão foi outra. Eles fugiam... fugiam espavoridos pela minha presença e se enfiavam no que parecia ser um bosque, uma mata fechada, uma floresta mesmo, com árvores imensas e estranhas.

"Talvez eu fosse a primeira pessoa que aparecia naquelas paragens, mas se fosse isso... como então a lenda sobre o Mar Interior havia se espalhado pelo mundo? De qualquer forma não era hora de responder àquelas perguntas. Eu precisava me situar naquela terra. Tão logo consegui ancorar o Turmalina dos Mares e desci, pisando chão firme, não vi mais aquelas pessoas que havia divisado ao longe. Todas deviam ter se embrenhado na mata. Pensei, então, em me dirigir para lá, quando um cansaço profundo me prostrou. Vocês podem fazer ideia: toda a navegação pelas terras geladas, o encontro com o remoinho, a perda da tripulação, aquele susto com a serpente, as horas de navegação subterrânea, o encantamento com aqueles cristais, tudo isso exigiu de mim toda a energia disponível em cada fibra deste corpo que, convenhamos, não é muito leve de carregar. Fora que descobri, tão logo pisei em terra firme, que durante a agitação no remoinho devo ter torcido o tornozelo e até rompido algum ligamento, pois uma dor lancinante veio de baixo para cima, queimando como fogo. Não consegui me sustentar. Dei dois passos, vi tudo girar à minha volta e tombei desmaiado."

"Despertei não sei quanto tempo depois ouvindo vozes. Aquelas pessoas que haviam fugido à minha presença, quando me viram caído e desacordado, devem ter se aproximado para me examinar melhor. Como eu não sabia ainda que tipo de gente podia ser aquela, continuei fingindo, enquanto prestava atenção na confabulação numa língua desconhecida, mas estranhamente familiar."

"Percebi que eles falavam da minha pessoa e trocavam ideias entre si. E, como eles não saíam daquele impasse durante a longa peroração, minha paciência se esgotou e resolvi 'despertar' do meu desmaio, apresentando-me em meio a gemidos por causa da terrível dor no tornozelo. Isso causou uma cena de pânico e fuga desabalada. Quando vi estava novamente sozinho enquanto todos se refugiavam naquela mata que eu mencionei antes e que parecia mesmo muito cerrada…"

– Calminha aí! – interrompeu Estrambolho. – Tem muita coisa esquisita nesta história. Em primeiro lugar, como é que você entende uma língua desconhecida? E, depois, que diabo de lugar é esse, embaixo da terra, onde existem terras, campos e tudo o mais?

– Eu sei… eu sei… É difícil de entender e eu não o culpo absolutamente, meu amigo. Não, não! Não pense que eu o julgue um estúpido, uma espécie qualquer de idiota, um burro sem nenhum discernimento, alguma espécie de retardado sem condições de apreender conceitos…

– Já entendi… Continue.

– Claro… É que Serena Esplendorosa foge à compreensão. É algo fora dos padrões com que julgamos as coisas… Serena Esplendorosa é um mundo à parte! Vou tentar explicar mais ou menos para todos vocês o que se passa naquele lugar…

A GEOGRAFIA ESPECIAL
DE SERENA ESPLENDOROSA

Capitão Falcão Gaivota constatou que a desconfiança do público em relação aos fatos narrados não arrefecia a curiosidade em saber mais detalhes sobre aquele mundo. Assim, enxugou a testa com o lenço e prosseguiu:

– Antes de tudo, amigos, pensem que naqueles momentos iniciais eu me encontrava tão atônito quanto vocês estão agora. A impressão é que eu tinha ido parar num condado da velha Inglaterra, ou num campo próximo de Florença. Mas estava lá embaixo da terra, iluminado por aqueles cristais que tomavam o lugar do céu. Só depois é que vim compreender melhor aquela geografia.

"Serena Esplendorosa, amigos, está situada abaixo exatamente das terras geladas ao Norte, naquele polo tão pouco conhecido. Ela se estende por uma grande área subterrânea que vai mais ou menos até a cordilheira do Himalaia. E ali justamente, naquele topo do mundo, naquelas montanhas altíssimas, existem algumas fendas por onde aquela terra subterrânea recebe o ar, através de correntes de vento, e também a luz. Esta, entrando por essas aberturas, vai se refratando nos cristais, gerando a estranha e belíssima iluminação a que me referi…"

– Para aí! – gritou Estrambolho. – Terras geladas? Você disse que estava abaixo das terras geladas?

– Disse… Foi para onde aquele remoinho me arrastou.

– E como explica aquela vegetação toda? Você não falou nada sobre frio, sobre gelo… Aquela paisagem parecia ser… ser…

– A de uma primavera… ou de um outono?

– Isso mesmo! Como explica isso?

– É! Como explica?! – Pocilga reforçou.

– Sim… é verdade. Esse é mais um dos mistérios daquele país. O clima é maravilhoso. É como se a atmosfera fosse sempre temperada, agradabilíssima, sem variações. Propício para todo tipo de cultura… E isso tem uma razão de ser. Serena Esplendorosa não se situa assim, logo abaixo das terras geladas, mas numa distância tal que é equilibrada perfeitamente pelo calor que vem do centro da Terra…

– Calor? Que calor? – Estrambolho abriu um sorriso ácido. – Calor que vem de dentro da Terra?

– Exatamente, meus amigos. Pois fiquei sabendo ali que bem no meio da Terra há algo como uma bola de fogo…

– Ah, ah! – Estrambolho explodiu numa gargalhada, acompanhado por Pocilga. – Você viu, Pocilga? Bola de fogo no centro da Terra? Ah, ah, ah!

– Pois é isso mesmo, senhores. Existe, ao que parece, uma bola de fogo bem no centro deste nosso planeta. E Serena Esplendorosa se encontra a uma distância tal desse calor e também do frio da superfície da Terra, que tudo ali alcançou um equilíbrio perfeito e estável, sem as variações climáticas a que estamos habituados aqui em cima e que diferem segundo o hemisfério, os trópicos, as latitudes, como bem sabem aqueles que trafegam como eu pelos sete mares.

– Essa não. Vamos parando por aqui… – Estrambolho voltou a interromper, acercando-se de Falcão Gaivota com um ar ameaçador. – Bola de fogo não dá para engolir, mas não dá mesmo. Remoinhos, serpentes, vá lá! Mas bola de fogo no meio da Terra é a coisa mais absurda que eu já ouvi alguém falar. Só mesmo alguém doente poderia ter uma ideia como essa! O mar teria apagado este fogo, oras!

– Isso mesmo, Estrambolho! – Pocilga falou. – Vamos acabar de uma vez com esse lero-lero e dar a esse capitãozinho enrolador o que ele merece por vir aqui nesta ilha contar lorota.

– Shh… – o som voltou.

– Quem foi? Quem foi? – Estrambolho e Pocilga viraram-se um para cada lado, tentando descobrir a origem do som. E como sempre acabaram sem resposta.

– Acalmem-se, meus senhores… – Falcão Gaivota contemporizou. – Muita calma. Não se faz necessária nenhuma precipitação. O que eu posso dizer? Não estou inventando isso… quer dizer… sobre essa bola de fogo. Isso foi me dito por pessoas que ali moravam e deviam conhecer o assunto melhor do que nós.

"O certo é que, graças a essa combinação de frio e quente num equilíbrio perfeito, que não era tampouco morno, antes fresco e arejado, aquela terra possuía uma temperatura das mais agradáveis. E, além disso, um solo maravilhosamente produtivo. Vocês precisam ver os frutos da terra, as verduras e legumes, que saborosos. Que tamanho! E as frutas? Enormes, carnudas, doces, repletas de sumo… que solo, meus senhores… que solo!"

– E onde você aprendeu tudo isso? – Estrambolho, ainda vigiando para ver se o engraçadinho se atrevia a fazer um "shh" pelas costas, perguntou sem olhar diretamente para o Capitão. – Sim, porque pelo jeito como fala parece até que você morou naquele lugar uma vida inteira.

– Você está coberto de razão, caro Estrambilho…

– Estrambolho.

– Justamente. Eu jamais poderia saber todas essas coisas e muitas outras de que ainda não falei se não tivesse sido instruído por um morador do lugar. Um sujeito admirável, um verdadeiro sábio, um homenzinho pequeno no tamanho, mas grande no coração, um amigo que jamais esquecerei e cujo nome, traduzido de forma aproximada para nossa língua, seria algo como Túlio Balmersão!

– Como? – Pocilga exclamou.

– Túlio Balmersão. Vou falar um pouco sobre ele…

TÚLIO BALMERSÃO E A
HISTÓRIA DE SERENA ESPLENDOROSA

Falcão Gaivota passou uma vez mais o lenço na testa. Dava para notar sua exaustão. Érico olhava preocupado para o Capitão e a plateia, com medo da reação que as suas histórias pudessem causar. Não queria que ele irritasse mais ainda aqueles dois piratas e também via que o seu tutor precisava descansar urgentemente. Entretanto, o Capitão aspirou o ar e prosseguiu:

— Êeehhh! Vamos lá, amigos... vou falar agora sobre esse Túlio Balmersão, grande amigo que deixei no Mar Interior. E o que seria ele? Sobretudo, um historiador. Sim, é isso mesmo: escondido no interior daquela floresta indevassável, habitando uma caverna, ele guarda consigo todos os escritos mais antigos que fazem a crônica daquele reino. E os guarda zelosamente, como alguém que toma conta de um tesouro.

— E por que ele vive escondido? Aquele não é um lugar maravilhoso, de gente boa? – Estrambolho perguntou.

— Não só ele, mas quase todos viviam escondidos e apavorados! E isso por uma razão que não quero adiantar agora para não atrapalhar o raciocínio. São muitas informações e, se eu for falando tudo, vocês poderiam ficar muito confusos... – Apontando para Pocilga, concluiu: – Como este nosso amigo aí que parece mais confuso do que um parafuso sem uso.

Todos riram, principalmente Leo e Nagogo, que apreciaram o trava-línguas.

– Fale de uma vez sobre esse Júlio… – ralhou Pocilga.

– Túlio! Muito bem. Túlio Balmersão possui aquele olhar franco, honesto, límpido de todos os que vivem em Serena Esplendorosa. É uma pessoa incapaz da menor mentira, acreditem. Assim, ao ver nos meus olhos que eu não representava uma ameaça àquela terra, muito pelo contrário, passou a me contar como se deu, segundo aqueles relatos, a criação de Serena Esplendorosa.

"Segundo as crônicas que ele tinha guardado consigo, tudo se iniciou num tempo antigo, mas antigo mesmo. Naquele tempo, eles viviam no mundo exterior, neste que nós vivemos. Só que então o mundo era diferente do que é hoje, sempre segundo aqueles relatos. Havia apenas uma terra, quer dizer, todos os continentes estavam amontoados num só, cercado de mar, o mesmo mar."

"Naquele tempo se falava uma só língua e nem havia lei escrita. Também ninguém ocultava nada. Era um tempo bom, segundo estava escrito. E aí, por alguma razão, houve uma grande catástrofe: o mundo girou no eixo, os mares se levantaram e a terra se partiu em várias, espalhando-se e formando diversos continentes. Um pedaço dela foi parar numa fenda que depois se fechou, ocultando aquela terra ali dentro e formando o Mar Interior. Este pedaço se tornou Serena Esplendorosa e os sobreviventes descendem daquele tempo."

"Túlio também me ensinou a falar fluentemente naquele idioma, o que não foi difícil, pois é a língua mais simples que existe. Parece mesmo óbvio que se fale daquele jeito e não de qualquer outro. Num instante logo entendemos tudo o que eles querem dizer. Acho até que todas as línguas nascem dela, pois percebi certas sonoridades e até termos que me recordavam outras línguas completamente diferentes entre si! Passei muitos meses convivendo com ele e com outros serenos naquela caverna, e vem daí meu apreço por aquela gente. Ele me passou a chamar de Aquafante…"

– Aquafante? Por que isso? – perguntou Estrambolho.

– É que este nome em sereno significa algo como "alguém que vem do mar", ou que "domina as águas". Fiquei muito orgulhoso e aceitei ser assim chamado por eles. Túlio me disse também outra coisa que está naqueles livros. É uma profecia: um dia, no futuro, Serena Esplendorosa vai voltar para o mundo de cima, através de outro movimento da Terra, de modo que as terras frias irão derreter e revelar os seus tesouros.

– Tesouros? Que tesouros? – Pocilga se adiantou. – Você está falando daquelas pedras?

– Não somente daquilo. Mas uma coisa é certa… Pedras preciosas é que não faltam ali. Certa vez fui levado para visitar, num lugar além daquela floresta onde nos escondíamos, uma cratera natural, imensa. E lá dentro, meus senhores, havia todo tipo de mineral precioso, principalmente rubi e aquela pedra tão cara aos chineses, o jade.

Os olhos dos dois piratas faiscaram.

– E tudo aquilo em tal quantidade que não dá nem para dimensionar. Uma pequena parte daquele tesouro seria suficiente para alguém comprar a França. Tudo ali rebrilhava, do mesmo modo que os cristais que formavam o nosso "céu". Era como se aquela mina fosse o forno secreto onde a natureza fabrica suas joias mais raras. Não sei nem que palavras usar para passar para vocês uma ideia da beleza. Aquelas devem ser as pedras usadas para calçar o Paraíso!

– E aposto como você meteu a mão numas pedrinhas, hein? – Pocilga abriu um sorriso banguela e sórdido. – Não adianta mentir. Você mesmo disse que usava esse tesouro para financiar suas viagens. Confesse.

– Ué. Eu estava achando que vocês não acreditavam em nenhuma palavra minha sobre esta aventura.

Pego de surpresa, Pocilga lançou um olhar desamparado na direção de Estrambolho, que lhe meteu um safanão. Depois disso, agarrando o Capitão pela gola, gritou:

– E não acreditamos mesmo. Diga só uma palavra naquela língua… uma só!

Falcão Gaivota, então, disse uma frase numa língua estranha.

– Humm... Você é um espertalhão, isso sim. – Estrambolho o largou, irritado. – Já navegou por muitas terras, conhece muitas línguas. Como vamos saber se não está falando uma língua que a gente não conhece? Ou então está apenas enrolando a língua? O que você disse?

– Disse que por hoje basta de histórias. Estou cansado, quero comer e dormir, porque tenho ainda um casco para acabar de remendar e tenho que fazer isso sozinho, depois que fui abandonado pela minha tripulação!

– Espere aí... Tem muita coisa que não está explicada. Por que todo o mundo vivia se escondendo naquele lugar, hein? Por quê? E como você saiu vivo dali?

– Você quer mesmo saber tudo isso, mesmo achando que é tudo mentira?

Agora Estrambolho é que fora pego em contradição. Algumas risadas tímidas esvoaçaram no ambiente carregado. Pocilga agarrou o Capitão.

– Vamos furar esse mentiroso agora mesmo.

Estrambolho deu outro safanão em Pocilga. Respirou fundo e disse:

– Não, não... Vamos dar a oportunidade para este salafrário dos mares contar a sua balela até o fim. Se depois não apresentar provas... a gente fura o gorducho.

E assim a noite na taverna terminou. Cortezino esfregou as mãos, satisfeito, pois não esperava por mais uma noitada de casa lotada. E todos foram dormir cheios de expectativa.

O DIA SEGUINTE

A ilha despertou agitadíssima. Em pouco tempo as aventuras que Falcão Gaivota contou no Bucaneiro Risonho se transformaram em domínio público. Um boca a boca mais eficaz do que um rastilho de pólvora alastrou as narrativas a respeito do Mar Interior e de Serena Esplendorosa, já a partir da madrugada anterior. E uma acalorada discussão incendiou a vila e todos os cantos de San Fernando onde houvesse pelo menos duas pessoas para conversar.

Mas, além das controvérsias que surgiram inevitavelmente a respeito do conteúdo daquelas aventuras – se eram verossímeis ou não –, havia outra coisa em jogo: uma história estava sendo contada. E de algum modo aquilo mexia com os ânimos, na forma de um sentimento urgente que se estampava nos rostos.

Por onde o Capitão Falcão Gaivota passasse era saudado, não apenas como um aventureiro, mas como um contador de histórias. E, se o primeiro era olhado com suspeita, o segundo era apreciado sem reservas. Todos o cumprimentavam, e aquele "Êeehhh" com que ele iniciava um novo relato era ecoado por diversas bocas aqui e ali. "Lá vai o Falcão Gaivota" era um gracejo obrigatório ao qual ele reagia com um sorriso educado. Todos se sentiam participantes daquele evento que havia arrancado a ilha da mesmice.

O convés do Turmalina dos Mares se transformou na casa provisória do pequeno bando liderado por Mita, agora acrescido de vários agregados, atraídos pelo prestígio do ilustre visitante. Também Mita se viu alvo de admiração entre as crianças, quando souberam que partiam dela aqueles "shhs", que tanto irritaram Pocilga e Estrambolho.

O pequeno Leo, que a princípio olhava com muita desconfiança a figura grandalhona e abrutalhada de Falcão Gaivota, tomou-se de amores por ele. De algum modo, com o auxílio daquela percepção espantosa que as crianças por vezes possuem, descobriu no interior do Capitão não só a mais inofensiva das criaturas como uma criança que cresceu demais.

Ele e Nagogo passaram várias horas ouvindo relatos de viagens, casos engraçados, contados pelo narrador mais careteiro que os dois porventura sonhassem encontrar. Outros meninos e meninas se juntaram e formaram um círculo em volta daquele tesouro para qualquer criança do mundo: alguém que sabia contar histórias.

Nagogo, a certa altura da conversa, disse ao Capitão que, se um dia, numa das suas viagens, ele encontrasse seus pais, avisasse que ele estava ali em San Fernando. E, como sempre fazia, voltou a descrever com muitos pormenores os seus familiares. Com o coração apertado, pois conhecia bem aqueles navios terríveis e o destino pavoroso daquela gente, Falcão Gaivota apenas garantiu que faria isso, com um sorriso tingido por uma sombra. Não fora a experiência naqueles navios que fizera o velho Capitão primeiro parar de navegar e depois iniciar sua segunda navegação?

Mas, enquanto aquelas crianças depositavam na aventura do Capitão pelo Mar Interior – assim como em tudo o mais que ele dizia – toda a credulidade do mundo, outros não pensavam da mesma forma. Entre esses se encontravam aqueles meninos maiores, galvanizados pela presença dos piratas. Entre eles, Alonso.

E Alonso, com um peso no coração, viu Mita se afastar ao lado de Érico, tomando o caminho da gruta do Monsenhor. Resolveu segui-los de longe, pois não se conformava com aquela euforia toda em torno dos visitantes que nada faziam senão inventar histórias sem sentido. E mesmo de longe percebeu que Mita e Érico falavam muito e animadamente, gesticulando bastante, parando aqui e ali para recuperar o fôlego ou apreciar o oceano sempre majestoso e quieto.

E sobre o que os dois tanto falavam? Um sentimento hostil foi ganhando volume dentro do peito de Alonso, até que não suportando mais ele buscou um atalho e apareceu de supetão na frente dos proseadores.

– Ah! Aposto que estão falando daquela besteira toda de ontem à noite. Não estão? Claro que estão... A ilha toda está. Quanta invencionice! Seja sincero, Érico... você acredita mesmo naquele monte de mentira? Você foi com ele a algum daqueles lugares?

– Bem... – Érico gaguejou. – Quando eu o conheci ele já tinha vivido essas coisas...

– E você acredita em tudo?

– Acredita porque é verdade! – Mita interveio de modo duro, tão segura de si que Érico a olhou impressionado e até Alonso recuou um passo, pois a frase teve quase o efeito de um empurrão. E, quando ele voltou a falar, o fez num tom menos agressivo:

– Ah... Mita! Eu achava que você era mais esperta. Você acredita mesmo naquelas histórias?

– Acredito! – ela respondeu de modo seco e absolutamente convicto.

Entretanto, não era o mesmo tipo de convicção dos meninos e meninas menores que agora cercavam o Capitão lá no navio, pedindo que ele contasse mais uma aventura e mais uma e mais uma. Tratava-se, antes, de uma tomada de posição firme a favor de Érico. Se o preço daquela nova amizade fosse a suspensão do juízo, então assim seria. E, como era uma menina decidida e rápida, tomara a decisão tão prontamente sentira em Alonso a vontade de desmoralizar o grumete.

Mita lançou-se inteiramente naquele sentimento, de modo que surpreendeu o próprio Érico. A cada investida de Alonso, ela rebatia com firmeza:

– Sabe qual é o seu problema, Alonso? Você está com inveja do Érico porque ele sabe outras línguas e viajou muito.

– Eu prefiro ficar por aqui mesmo a viajar com um palhaço daqueles. E ainda por cima um convencido. Fica se pavoneando todo. Viagem mesmo quem está fazendo é o meu pai. Está lá no Peru. Isto é que é viagem, e não essa coisa de Mar Interior.

– Sei. E a sua mãe não disse também que seu pai ia atrás daquele lugar… como chama?

– Eldorado.

– Então… Não é a mesma coisa?

– Não, porque o Eldorado existe. Muitos marinheiros já disseram isso. Muita gente importante já procurou este lugar. E um dia vão encontrar… como encontraram essas ilhas e as terras do Sul, onde fica o país chamado Brasil e o rio da Prata. E pode ser até que meu pai já tenha encontrado e por isso esteja demorando a voltar! Ele vai chegar com tesouros de verdade e não essa mentira de Mar Interior.

– Como você pode afirmar que é mentira?

– Porque ele não pode provar nada. Pode?

Érico, que possuía um temperamento conciliatório, preferiu não responder. Manteve seu rosto baixo, um tanto embaraçado. Mita é que continuava defendendo a sua posição com bravura:

– E como você acha que ele tem viajado? Eu mesmo não entendia isso até que o Capitão explicou ontem à noite: ele conseguiu pedras raras em Serena Esplendorosa.

– É? E onde está esse tesouro? Onde? Você já viu essas pedras, Érico?

Mita olhou para Érico, esperando que o seu novo amigo fosse afirmativo. Mas ele manteve a cabeça baixa.

– Você viu, Érico? – Mita perguntou com a voz agora ligeiramente vacilante. Era um momento delicado, e Alonso sorria com a perspectiva de um golpe final.

– Bem… o Capitão não deixa que eu veja seus pertences…

– Mas você não viaja com ele naquele barco que vocês chamam nau? – Alonso redobrou a agressividade.

– Sim… bem…

– Bem o quê?

– Uma vez eu entrei no camarote dele e vi uma caixa grande que eu nunca tinha visto. Ele estava fechando aquela caixa com cuidado. E, depois disso, toda vez eu sempre encontrei a caixa fechada, guardada debaixo da mesa…

– Viu? – Mita abriu um sorriso desafiador para Alonso. – Como você acha que ele arruma dinheiro para viajar por aí? É feio duvidar assim dos outros, Alonso.

– Pois é muito mais feio mentir! – Alonso respondeu num tom alto e esganiçado, típico de um garoto em idade de mudança de voz. E saiu batendo os pés pelo caminho.

– Não ligue para ele, Érico. – Mita disse enquanto prosseguiam a caminhada. – Ele não é mau, mas ultimamente ficou assim… Acho que é por causa dessa história do pai. E também por causa daqueles patifes…

OS PATIFES

Desde que aportaram em San Fernando, Estrambolho e Pocilga se comportaram como dois monarcas de uma terra sem lei. Eles se autoexilaram naquela ilha esquecida para escapar de uma sentença de morte. Afinal, como piratas seriam executados em qualquer país da velha Europa. E, para agravar essa situação, haviam atentado contra o tesouro do maior pirata dos mares de então, o hediondo corsário da Córsega, Campanela Ganza, mais conhecido pelos oceanos como Tragatrevas.

Essa alcunha lhe caía bem, pois se tratava sem a menor dúvida da mais perversa das criaturas, conhecida pelo sadismo com que torturava seus inimigos. Além disso, trajava sempre roupas escuras, que formavam um conjunto expressivo com a barba e a farta cabeleira, ambas negras e revoltas. As cicatrizes que atravessavam seu rosto e que o tornavam desagradável de se olhar eram para ele motivo de grande orgulho e a comprovação da sua selvageria.

Até seu navio possuía uma coloração enegrecida, como se tivesse sido vítima de algum incêndio: o madeirame da quilha lembrava carvão, e as velas pareciam tingidas de uma fuligem que nenhuma tempestade conseguia lavar. A silhueta daquela embarcação entrevista no horizonte era suficiente para levar ao pânico todos os navios que cruzavam com ele. Veloz como um golfinho e tripulado pelos mais selvagens piratas, o Cão dos Mares, como era chamado, alcançava sem pre suas vítimas, seguindo o de sempre: saque e chacina. Ninguém era mais temido no oceano que Campanela Ganza, o Tragatrevas.

Pois bem. Estrambolho e Pocilga haviam sido aceitos, por um tempo, nesta aristocracia do mal e tomado parte em diversos saques. E os dois viam aqueles tesouros acumularem-se no porão do navio corsário, tão perto e tão longe. Tudo aquilo pertencia exclusivamente a Tragatrevas, que vez ou outra, para manter alto o moral da sua tropa, distribuía algumas migalhas aos seus combatentes, e por isso era venerado. Mas os dois nunca haviam sido premiados. Antes pelo contrário, eram ridicularizados no convés, talvez por não demonstrarem a mesma sanha que os demais. Alguns os acusavam de permanecer na retaguarda nas lutas e não se empenharem o suficiente.

Tais acusações acabaram chegando aos ouvidos do capitão, o que não era uma coisa boa: Tragatrevas sabia punir exemplarmente seus asseclas que vacilassem. Temendo uma morte horrível, Estrambolho e Pocilga resolveram fugir do navio numa noite em que o Cão dos Mares se encontrava ancorado numa ilha do Pacífico, não sem antes levar o que julgavam justo pelo tempo de trabalho. Assim, assaltaram o porão carregando diversas moedas que circulavam em diversos países, como dobrões e libras. E se foram no meio da noite.

Achavam que o roubo mal seria percebido, afinal, havia tanta riqueza acumulada naquele navio! Foi um erro. Ao saber do acontecido, Tragatrevas jurou de morte os canalhas, pois não queria abrir mão da sua fama de implacável. Apavorados, os dois procuraram se refugiar em portos recônditos, pois no mar tudo se sabe: os marinheiros dizem que as próprias ondas sussurram.

Assim, gastaram tudo o que roubaram fugindo de porto em porto, e o mais seguro que puderam encontrar foi San Fernando. Ali chegaram já sem dinheiro, e resolveram permanecer o tempo necessário para esfriar a perseguição. Um alívio tomou conta da dupla quando alguns boatos trazidos por inesperados viajantes diziam que Tragatrevas havia muito tempo não era visto nos mares. Uns achavam que ele tinha naufragado; outros, que tinha sido capturado afinal pela Marinha inglesa e aguardava julgamento na Torre de Londres.

Mas tanto era o pavor que aquela figura sinistra incutia nos dois refugiados – um pavor que beirava o sobrenatural –, que eles resolveram não arredar pé de San Fernando enquanto não tivessem alguma notícia taxativa a respeito do assunto. Queriam saber se o corso negro havia sido decapitado ou então se destroços do seu navio tinham sido encontrados. Ou seja, que ele estivesse bem mortinho, não importando se afogado, esquartejado ou enforcado.

Enquanto isso, julgando-se escondidos de tudo e de todos, passaram a viver em San Fernando com toda a largueza, como príncipes. Metiam medo nos pescadores e nos que habitavam a vila, ameaçavam as pessoas, entravam nas casas e comiam à vontade. Não pagavam nada para Cortezino pelo uso da taverna, que passaram a considerar território conquistado. Onde mais poderiam viver assim? Estrambolho e Pocilga tiranizavam a ilha e eram vistos com antipatia, a não ser pelos garotos maiores, que enxergavam naqueles modos um poder e um modo fácil de viver que eles passaram a admirar.

Quando o Turmalina dos Mares atracou, trazendo consigo o Capitão e seu grumete, tudo o que eles sentiram, ao ver que nada poderiam tirar daquelas pessoas, foi a vontade de se divertir um pouco. Afinal, aquela ilhota era um tédio absoluto, e aquele Falcão Gaivota parecia o alvo perfeito para uma chacota. Ainda mais porque conheciam a sua fama de contador de histórias mirabolantes, como a do Mar Interior.

Mas depois da noite passada já não tinham tanta certeza. O homem escorregava pelas mãos e, o que era pior, ganhara a simpatia de todos. O jogo havia virado. Durante várias vezes os dois piratas tiveram a sensação sutil de que estavam sendo ridicularizados, embora não fossem absolutamente pessoas chegadas a nenhuma sutileza.

Mais do que isso, entretanto, em alguns momentos eles eram levados a acreditar na narrativa do Capitão, principalmente quando ele passou a falar daquelas pedras preciosas.

– E se for verdade? – Pocilga perguntou meio para Estrambolho, meio para si mesmo, ao jeito de quem quer muito acreditar numa coisa.

– Se for verdade o quê?

– Aquilo das pedras preciosas… aqueles rubis…

– Você está falando de Serena Esplendorosa?

– Sim… quer dizer… acho eu… Não sei o que pensar!

Os dois descansavam sob uma árvore depois do almoço. Podiam ver lá embaixo, no atracadouro, as crianças menores brincando a bordo do Turmalina dos Mares. O Capitão não se encontrava mais entre elas, pois era a hora sagrada do seu sono da tarde.

Próximos dos piratas, vários meninos maiores espreitavam. Queriam fazer parte daquela confraria, participar daquela alta esfera de poder da ilha. Estrambolho e Pocilga muitas vezes pediam alguns favores que eles faziam correndo, e tal evento conferia ao menino escolhido um *status* especial, muito disputado.

Naquele momento eles apenas escutavam a conversa meio sem pé nem cabeça:

– Ora, Pocilga… Como você vai acreditar numa coisa daquelas?

– Não sei. Ele fala com tanta certeza. Você não ouviu aquela coisa do… tal Túlio Balmersão? De onde ele tirou aquilo? E na hora! Nem precisou pensar muito para falar.

– Ele conta essas histórias em toda parte. E não é de hoje. Já teve tempo de decorar tudo direitinho. Além do mais, tem bastante tempo para pensar enquanto navega… Ele não faz nada naquele barco. Nem caça, nem pesca, nem trafica, nem saqueia…

– Isso é outra coisa. Você não ouviu o que ele falou? Que ele viaja pra todo lado porque pegou uma parte daquele tesouro?… E se for verdade, Estrambolho? Hein?

Estrambolho ficou um tempo pensativo. Aquele raciocínio não era inteiramente absurdo, mesmo vindo da cabeça torta de Pocilga.

– É… – respondeu de modo reflexivo. – Aí tem coisa… não sei o que é… mas que tem, tem…

– Ai, Estrambolho… será que existe esse tal de Mar Interior?

– Acho que não. Deve ser outra coisa… a gente precisava de alguma informação. Tem aquele grumetezinho que anda com ele para toda parte. Ele deve saber…

– Não sabe muito, não! – alguém disse.

Os dois se viraram ao mesmo tempo, surpresos com a interferência. E viram Alonso, de pé em cima de uma pedra, lançando na direção deles um olhar desafiador. Os outros garotos foram se aproximando.

– O que você sabe, menino? – perguntou Estrambolho.

– Eu acabei de falar com esse bobo. Ele trabalha para o Capitão e não sabe direito o que se passa naquele barco. Mas disse que o Capitão tem uma caixa que esconde bem escondida, pra ninguém ver, no camarote.

Estrambolho sorriu para Pocilga, que sorriu ainda mais. E aqueles sorrisos maliciosos eram a antecipação de um prazer: havia alguma coisa preciosa em jogo.

– Como nós vamos saber o que tem nessa caixa que o garoto falou? – perguntou Pocilga.

– Humm… Aquele Capitão deve estar dormindo em cima dessa caixa. Já sei… vamos fazer o seguinte. Hoje, quando ele tiver terminado de contar tudo o que sabe sobre essa história, vamos perguntar sobre as pedras preciosas. Vamos pedir para ele mostrar, pedir não… obrigá-lo a mostrar. Se ele não apresentar provas concretas… lei marcial! Furamos o papudo. E ficamos com as pedras.

Pocilga aplaudiu feliz, parecendo até mais contente com a execução do que com a possibilidade de achar as pedras.

– Parabéns, garoto! Você é um dos nossos! – Estrambolho estendeu a mão para Alonso, que apertou com certa relutância, como se estivesse participando de algum pacto macabro.

– E quietinho! – Pocilga completou. – Nada de falar para ninguém que nós sabemos dessa caixa, entendido?

Alonso fez que sim e os piratas se foram bem contentes. Os outros meninos maiores cercaram Alonso lentamente, lançando em sua direção alguns olhares que misturavam admiração, inveja e também susto. Foi apenas ali, naquele momento, que todos eles tiveram a consciência de que os dois homens eram de fato capazes de matar uma pessoa. E que se quisessem segui-los deveriam, uma hora ou outra, cometer crimes graves, de verdade.

A ferida no peito de Alonso – aquela porção de coisas mal resolvidas, de ciúmes, de perda – deixou de doer na intensidade de antes. O ressentimento aplacado agora dava lugar a um vazio, mesclado a perplexidade. Será que eles iriam mesmo matar o Capitão?

Pensando nisso, ele saiu correndo, abrindo espaço entre os garotos que o cercavam, e foi para a sua casa, remoendo sentimentos confusos. Tudo o que ele queria era não ver ninguém nunca mais!

O CENTRO DO MUNDO

Quando o sol despencou no horizonte, as dependências do Bucaneiro Risonho foram rapidamente ocupadas. Cortezino estava impressionado: como aquilo podia mexer tanto com as pessoas? Com certeza viria mais gente do que na noite anterior, e muitos teriam que ficar do lado de fora. O que ele não percebia, pelo menos em toda a dimensão, é que de simples dono da taverna se transformara no anfitrião de um dos eventos mais antigos do mundo: alguém que conta uma história para alguém que escuta.

E há neste fato tão nobre e tão vulgarmente repetido todos os dias e em todas as partes algo como uma sensação de estar no centro de um acontecimento. Num centro que está em várias partes ao mesmo tempo, pois pertence a todas as histórias contadas simultaneamente. Portanto, todos aqueles que afluíam à taverna não queriam apenas ouvir a história do Mar Interior. Desejavam também sair daquela ilha periférica e se sentir no centro do mundo, que é o lugar de toda narrativa quando alguém presta atenção nela.

Algumas pessoas que não tinham comparecido na noite anterior fizeram questão de ouvir a segunda parte do relato. Entre elas se encontrava mãe Marita, com sua roupa de fidalga de Espanha e rosto de índia guarani, espremida perto da janela, onde voltariam a ficar os amigos de Érico. Ela havia chegado cedo, curiosa. Aquela história que havia circulado em toda a ilha chamara a sua atenção. Também ela conhecia muitas histórias, desde a infância entre os seus, naquelas terras distantes do Sul, que agora chamavam Brasil, mas que não tinha esse nome para as tribos que ali sempre habitaram.

Ela se lembrava de lendas como a de Naiá, que queria ser uma estrela para viver perto do grande e belo guerreiro Jaci, a lua prateada. E muitas outras além dessa. Em toda parte as pessoas cresciam ouvindo histórias e se alimentavam delas. Seria mesmo algum tipo de alimento? Como os relatos que sua mãe lhe fazia sobre a terra sem mal, os que mais a encantavam. Mesmo porque à sua volta a maldade grassava. Muitos índios estavam sendo escravizados e vendidos lá em Cananeia, por gente grosseira, má, e ela mesma só não tivera esse destino porque aparecera aquele espanhol, que tinha olhos bons, de quem ela gostara, que viera do mar e lhe lembrava Jaci, pois era guerreiro, grande, corajoso. E ele a levara mar afora.

E agora ele também se fora procurando tesouros e lhe deixara nesta ilha com o filho Alonso, que queria saber do pai, quem era e por que não vinha mais. Marita tinha uma personalidade engraçada: era ao mesmo tempo a mais maternal das mulheres e uma pessoa dura, sem receio de tocar em pontos delicados numa conversa. Por isso tinha falado para Alonso não esperar mais pelo pai. Achava que era melhor assim e ponto.

Afinal, há questão de uns três anos, um navio que parara em San Fernando trouxera vagas notícias de uma expedição espanhola que fora completamente dizimada por nativos nas proximidades do Peru. E, embora ninguém falasse no nome do pai de Alonso, pela descrição geral Marita teve a sensação profunda de que se tratava dele e dos seus. E, mesmo que ele tivesse escapado, o que o impediria de voltar para sua família espanhola em vez de ir para San Fernando?

Tudo isso havia mexido muito com Alonso, que ela havia deixado em casa, jogado na cama, virado contra a parede, dando respostas duras a tudo o que ela falava, muito mais chateado do que de costume. Ela sentia que tinha acontecido alguma coisa para ele ficar daquele jeito.

Mas todos esses pensamentos e lembranças desapareceram quando ela ouviu uma voz ribombar no ambiente, puxando para si o foco dos olhares:

– Êeehhh! Lá vai o Capitão Falcão Gaivota! Lá está ele escondido naquela mata cerrada no coração de Serena Esplendorosa, às margens do Mar Interior, no centro do mundo, sob um céu de cristais e na companhia das mais amáveis pessoas que já existiram em alguma parte... Assim ficou nossa crônica ontem e daqui a retomo! Quem gostaria de saber mais alguma coisa?

Alguém da assistência levantou timidamente a mão. Falcão Gaivota lhe endereçou um sorriso de encorajamento e ouviu:

– Por que estavam todos escondidos na mata? A terra não tinha apenas gente boa, como o senhor falou ontem?

– Sim. Excelente... Este é o ponto que devemos abordar hoje. Sim, amigo, Serena Esplendorosa era... Era não: é! É terra de gente boa, gente adorável. O sereno é incapaz de mentir, é incapaz de malícia. Sempre que eu falava com um homem ou uma mulher, recebia uma resposta direta, amável. Eles não possuem o hábito de ocultar pensamentos, de calcular, de fazer uma coisa pensando em outra. Entregam-se inteiramente a tudo o que fazem. Eu poderia passar aqui toda esta noite descrevendo o caráter daquele povo. Mas não seria a mesma coisa: só vendo um sereno de perto para saber. São pessoas por quem a gente no mesmo instante toma gosto e pensa: queria viver no meio desse pessoal!

"Ao mesmo tempo, amigos, são as criaturas mais desarmadas que existem. Como nunca houve naquele lugar nenhum tipo de intriga ou corrupção, por causa da natureza mesma deles, os serenos não estão preparados para lidar com coisas que conhecemos bem. Túlio Balmersão me disse que, em outros tempos, gente de cima, do nosso mundo, já havia estado lá. Provavelmente vem desses tempos antigos a lenda sobre o Mar Interior. Mas era coisa de séculos atrás… e várias gerações novas de serenos cresceram sem nenhum contato com habitantes do mundo externo. Assim, eles foram vítimas de uma pessoa terrível que ali apareceu trazida pelo remoinho, um ano antes da minha chegada. E esta pessoa transformou aquela terra abençoada num terrível pesadelo!"

– Pessoa? – Pocilga se interessou. – Você quer dizer… alguém como nós…

– Sim, Pocilga, alguém aqui deste nosso mundo exterior. E o pior é que não era alguém assim como qualquer um de vocês que estão agora me ouvindo. Não! Tratava-se do pior tipo de gente que vocês possam imaginar. Uma criatura de uma índole tão perversa, que causou naquelas criaturas um pânico devastador!

Todos estavam curiosos para saber mais sobre essa pessoa, por isso o silêncio era absoluto. Estrambolho e Pocilga permaneciam sentados, apoiando os cotovelos sobre uma das mesas, enquanto dividiam um banco. Ouviam a história com ar absorto aguardando o momento certo de jogar o Capitão contra a parede, pedindo pela prova material do seu relato. Prova que deveria estar naquela tal caixa que Alonso havia mencionado à tarde.

– Talvez até alguns de vocês aqui presentes conheçam essa pessoa que chegou a Serena Esplendorosa antes de mim. Ele se tornou bem famoso pelos mares… trata-se daquele corsário conhecido como Tragatrevas…

Ao ouvir esse nome, Estrambolho cuspiu o gole de rum que havia acabado de ingerir e levantou-se de maneira estrepitosa empurrando o banco que dividia com Pocilga. Este, ao perder o apoio, caiu de joelhos no chão, batendo o queixo na mesa e mordendo a língua, o que o impediu de acompanhar a exclamação do amigo:

– Tragatrevas?! Você disse Tragatrevas?!

– Isso mesmo. Você o conhece?

– Sim… quer dizer… quem não conhece? Ele é conhecido no mundo todo! Mas… mas… tem certeza de que era ele? – Estrambolho estava tão atônito que até sua voz, no geral enérgica e grossa, afinou e tornou-se ligeiramente vacilante. Pocilga continuava sem poder expressar seu espanto por conta da dor lancinante na língua, que o fazia gemer baixinho.

– O que eu posso dizer é que ele estava lá, meu amigo. Eu o vi com esses olhos de falcão! Já o havia visto antes. Saibam que fui prisioneiro de piratas um tempo, chegando a trabalhar para eles, e certa feita nosso navio cruzou com o Cão dos Mares, o navio de Tragatrevas, e ele subiu a bordo para confabular com nosso chefe. Que homem terrível!

"Agora, imaginem vocês, aquele povo pacífico, despreparado para qualquer desordem, para qualquer conflito, entrar em contato justamente com aquele monarca da corrupção, com o que de mais podre existia nos mares externos, com o corso negro, Campanela Ganza, o Tragatrevas!"

"Pois o fato é que, exatamente um ano antes da minha chegada, aconteceu de o navio de Tragatrevas ser apanhado pelo remoinho gigante. Ao contrário do Turmalina dos Mares, que acabou de algum modo seguindo o fluxo do remoinho, aquele navio foi inteiramente despedaçado, sendo que o corsário conseguiu se salvar, juntamente com mais uns seis ou sete tripulantes, agarrados ao mastro que segurava a vela bujarrona, segundo depreendo do testemunho dos serenos que os encontraram na orla."

"E, assim, apenas ele e mais alguns homens conseguiram amedrontar todo um povo que nunca havia entrado em contato com a violência em nenhum nível. Ora, ao perceber que dificilmente iria retornar à superfície, pois nem navio mais ele tinha, o corsário resolveu se instalar regiamente naquela terra, junto com os seus asseclas, e explorar aquele território. Ele, que só havia reinado nas águas do mar, tinha pela primeira vez um reino terrestre, um reino sem lei, sem guardas, que vivia apenas de uma natural boa vontade. Passou a se considerar um rei. Expulsou o Petrafante, que é a grande autoridade espiritual daquele povo, do modo mais humilhante e passou a escravizar todos os que ele encontrava pela frente."

"E os serenos ficaram sem ação, sem saber como escapar da truculência daqueles homens… Eram como crianças exploradas por adultos. Foram, assim, submetidos sem piedade. Alguns, entretanto, entre eles o meu querido amigo Túlio Balmersão, fugiram e foram se esconder nas matas. Túlio levou consigo os livros com as memórias e as crônicas, uma vez que o Petrafante, em estado de choque com toda aquela degradação, acabou adoecendo e morrendo de tristeza."

"Aquela mata tinha a vantagem de possuir uma geografia intricada, repleta de esconderijos naturais, que foram de grande proveito. A partir de então, as pessoas que conseguiam escapavam durante as noites, refugiando-se ali naquele lugar para onde eu fui levado. Passaram a viver em grutas, perenemente apavoradas, aflitas por causa dos parentes que não haviam conseguido fugir."

Pocilga, cuja dor já havia amenizado, olhava agora para Estrambolho e para o Capitão, mal acreditando em seus ouvidos. Achou por bem confirmar uma vez mais, embora sua língua inchada o fizesse se enrolar com as palavras:

– … ocê… em… erteza… que era o… Dragadrevas?

– É! – Estrambolho gritou. – Como você pode ter certeza de que era o Tragatrevas? Você não disse que foi direto para aquela mata? Como poderia saber sem ver?

– Muito bem… muito bem… estou gostando de ver. Vocês dois hoje estão acreditando mesmo na minha história. Que mudança! E têm razão. No princípio eu não sabia quem eram as pessoas que tanto aterrorizavam os serenos. Tudo aquilo ainda era uma novidade para mim e eu estava grato por estar vivo, salvo do remoinho e da serpente.

"E, depois, o contato com aquelas pessoas era uma novidade tão grande, que durante um tempo deixei-me ficar apenas sobrevivendo naquela mata, aprendendo aquela língua suave e fácil e desfrutando da amizade que eles demonstravam para comigo. Pensem que eu era um estrangeiro como os outros. Mas ainda assim não fui julgado como 'um deles'. Depois de uma desconfiança inicial, perfeitamente compreensível, eles perceberam pelo meu jeito que eu não representava nenhum perigo."

"Além disso, eu conheci, naquela mata, uma pessoa por quem logo me afeiçoei… A doce Roxelina…"

ROXELINA

– E quem era Roxelina? – o Capitão mesmo perguntou e respondeu: – Posso ouvir o pensamento de todos aqui e já vou saciar a curiosidade de vocês! Bem, Roxelina era uma serena e, como todas elas, de uma simpatia extrema. Bela? Não diria… Esbelta? Vejam o meu tamanho… estão vendo? Acham que eu sou pequeno? Pois Roxelina era capaz de me carregar no colo se quisesse!

Todos riram, o que deixou Falcão Gaivota satisfeito. Érico também sorriu ao ouvir a gargalhada de Mita ao seu lado.

– Sim, amigos. Ela estava longe de ser uma sílfide! Mas que olhos grandes e meigos! Ah… Roxelina… Que dizer? Me apaixonei… Este velho e carcomido Falcão Gaivota que vos fala, enrugado pelo salitre do mar, parecia um jovenzinho com o coração batendo… Vocês conhecem o primeiro amor?

O Capitão lançou um olhar rápido na direção de Mita, que respondeu com uma expressão de surpresa. E se ela que era tão atrevida acabou ficando sem graça, o rosto de Érico parecia o miolo de uma melancia.

– Pois eu parecia um jovem se apaixonando pela primeira vez na vida! Êeehhh! Lá se foi Falcão Gaivota nas asas do cupido, flechado, sem querer outra vida senão ficar ali naquela gruta perdida no centro de mundo, tendo os ferimentos cuidados pela cativante Roxelina. Como ela cozinhava bem… E como comia também!

"Assim, durante um bom tempo permaneci ali, aos cuidados de Roxelina, estudando com Túlio Balmersão, conhecendo outros serenos e serenas, todos sempre muito afáveis, querendo saber do mundo de cima e por que eu era diferente daquele corsário que havia dominado a amada terra deles."

"Roxelina sempre me perguntava sobre o sol, pois ela só via seus reflexos naqueles cristais que recobriam Serena Esplendorosa e por uma difusa claridade. Ela pediu a mim que contasse mais coisas sobre este nosso mundo. Ao mesmo tempo, ela, Túlio e outros serenos me explicavam mais alguma coisa sobre a terra deles."

"Fiquei sabendo, então, que a incrível produtividade das culturas provinha de um rio que corta o país ao meio, irrigando o solo. E também por algo que se assemelhava à chuva. Tal fenômeno ocorre por causa dos ventos gelados vindos das fendas que levam às terras frias, e de onde vem a luz. Esses ventos descem pelos vãos inacessíveis, entrando em contato com vapores quentes que, por sua vez, sobem do centro da Terra, causando um vapor, uma espécie de aragem molhada, que deixa todas as coisas úmidas."

"Túlio Balmersão também me contou que algumas vezes os serenos tentaram subir ao mundo de cima. Eles não possuíam navegação, pois o Mar Interior, na maior parte do tempo, é fechado dentro da terra e repleto daquelas criaturas de que eu falei. Depois, eles sempre foram grandes agricultores. Mas, de época em época, um ou outro mais destemido ou curioso tentou escalar as encostas ao Norte, e subir até as grandes fendas de onde vinha a claridade. Mas vocês podem imaginar que, quanto mais perto eles chegavam das terras geladas, mais o frio se tornava insuportável! Como não possuíam roupas apropriadas, desistiam e retornavam à sua terra de clima agradável e à companhia dos seus."

"Outra coisa que fiquei sabendo naquelas conversas é que os remoinhos eram provocados de tempos em tempos por um movimento interno que a Terra fazia. Túlio disse que era como se as rochas estivessem sofrendo uma espécie de ajuste, e nesses momentos o Mar Interior subia de nível inundando a orla de Serena Esplendorosa, que, por tal razão, não era habitada como o interior. Preferiam morar nas terras de dentro em pequenas vilas, cuidando das suas culturas. De qualquer forma, eles não possuíam o espírito aventureiro que lança as pessoas ao mar. Eram gente pacata, caseira e extremamente gentil. Aliás, vou falar um pouco mais sobre eles para vocês…"

O SERENO

— Gostaria de descrever agora como é o habitante de Serena Esplendorosa, o sereno, ou serena. Bem... eu já disse muitas vezes que são as pessoas mais gentis com quem qualquer um de vocês poderia deparar. Mas gostaria de explicar quanto eles são amáveis de modo mais concreto, com um pequeno exemplo que me veio neste momento à memória. Uma coisa de nada, mas que mostra bem o que eu quero dizer...

"Pois bem. Depois de um tempo convalescendo, começou para mim a fase de recuperação. E fui acometido aí, senhores, de um apetite fenomenal. É só olhar a minha silhueta para entender que eu nunca fui homem de negar comida. Gosto de comer, me sinto feliz mastigando qualquer coisa, desde que não seja algo intragável, é claro. Roxelina me mimava com todo tipo de torta, além de aplicar emplastros no meu tornozelo, até que eu já conseguisse caminhar sem dores."

"Certa tarde, Túlio lembrou a todos que era feriado em Serena Esplendorosa. Quer dizer, feriado não é bem o termo, pois lembra um fato histórico e eles não possuíam uma história marcante, uma vez que não tinham crises ou guerras, ou alguma destas coisas que para nós, lamentavelmente, acabam sendo motivo de celebração."

"Na verdade, era uma data de cultivo, o auge de uma estação que eles chamavam de Florescente, pela quantidade de flores e frutos. Neste dia, todo o reino é tomado por festas.

Claro que na situação em que se encontravam, com a presença nefasta de Tragatrevas, isto não era possível. Ainda assim, eles resolveram fazer uma espécie de comemoração nas proximidades da gruta onde Túlio Balmersão se escondia, apenas para manter o costume."

"Amigos… nunca vi tanta comida boa, tantas tortas de todos os tipos, doces e salgadas. A visão daquelas delícias despertou a minha gula natural. E havia lá uma torta de uma fruta que lembrava a framboesa, mas um pouco mais azedinha… Humm… Era deliciosa."

"Mas por conta daquela situação embaraçosa no reino, eles não puderam colher muitas daquelas frutas, pois naquela mata elas não eram tão abundantes quanto nos campos cultivados. Claro que a tal torta foi logo sendo devorada. A minha porção eu liquidei numa velocidade impressionante. Sabe quando você come uma coisa depressa e ainda assim fica com um gosto de querer mais? Bem… Um sereno que sentava ao meu lado ainda tinha o pedaço dele, mas parecia mais preocupado em conversar do que em comer, coisa que sempre me espantou numa mesa. Eu não parava de lançar na direção daquele pedaço os olhares mais gulosos. Não aguentando de vontade, resolvi praticar uma pequena esperteza: como quem não quer nada, de modo discretíssimo, fui trazendo aquele pedaço para o meu lado, com pequenas puxadinhas, aproveitando que o dono dele se distraía virado para o outro lado, conversando acho que com Túlio Balmersão."

"Quando o pedaço ficou todo na minha frente, passei a comer aos pouquinhos. Claro que o tal sereno, que se chamava Feron, acabou se virando para enfim comer e estranhou ao ver que não tinha nada à sua frente. Imediatamente viu o pedaço da torta perto deste que vos fala, já todo mordido. Olhou para mim, que me fiz de desentendido e até de surpreso: "Era seu?", perguntei do modo mais inocente, mas envergonhado por dentro. Ele disse que sim e, em vez de se sentir prejudicado, como qualquer um de nós se sentiria, soltou uma gargalhada e disse que não sabia que eu gostava tanto daquilo. Então, levantou-se e foi até o outro lado da mesa, onde encontrou mais duas fatias da torta e as trouxe para mim, achando grande graça na minha voracidade."

"Assim são eles, amigos, não possuem essas pequenas mesquinharias, ciúmes, invejas… Talvez, se viessem ao nosso mundo passariam por bobos e, até pior, por chatos por muita gente. Mas ali, no mundo deles, não são nem uma coisa nem outra. Acreditem: há no olhar daquela gente um brilho e uma espontaneidade que é muito natural neles. E a generosidade é expressa com tamanha largueza, de um modo até displicente, que nem parece generosidade, e sim o jeito normal de ser. Já é uma… como dizer? Uma segunda natureza. Como eu disse no começo, nada eles escondem, nada calculam, tudo falam conforme bate no peito, riem e se entristecem abertamente, são transparentes como o vidro mais limpo."

– Ótimo! – Estrambolho riu. – Agora estou mais do que convencido de que eles não existem… Não é?

Ele dirigiu esta pergunta para a assistência e, apesar de arrancar muitos risos, deparou também com alguns olhares absortos, talvez buscando imaginar como seria conhecer aquela gente e talvez querendo acreditar que tal coisa fosse ao menos possível.

Falcão Gaivota, entretanto, foi convicto:
– Acontece, meu caríssimo Estrambalho…
– Estrambolho.
– Claro. Acontece que essa gente existe, sim! Estão todos lá, neste exato momento em que falamos aqui, vivendo quietamente a vida deles em Serena Esplendorosa, ocultos pelo Mar Interior. E são exatamente assim como eu descrevi. Sem tirar nem pôr. E lá está também a doce Roxelina… com seus olhos grandes e meigos e toda a sua adiposidade…

"Entendem agora como eles ficaram totalmente aterrados e sem reação com a presença do Tragatrevas? E por isso se afligiam demais com aqueles que haviam ficado sob o poder dele e dos piratas, presos de um medo que desconheciam.

Os que estavam nas matas não paravam de pensar nos conhecidos. Foi assim também com Roxelina…"

O Capitão fez uma pausa para beber um pouco de água e constatou que tinha enlaçado de vez a sua assistência, mas não viu os dois piratas no salão. Onde tinham se enfiado? Notou com os cantos dos olhos a porta da estalagem fazendo um movimento para se fechar. Provavelmente tinham saído. Mas por quê?

MIQUELA TENEBROSA

Dizem que uma história lembra uma refeição. Precisa ser bem digerida, bem mastigada pelo cérebro, pela imaginação, pela sensibilidade. Se tal coisa é certa ou não, é motivo para debate. Entretanto, para Estrambolho e Pocilga, a história contada por Falcão Gaivota parecia ter causado um efeito indigesto.

Tanto que, não suportando mais ficar no salão, saíram para tomar um pouco de ar fresco, enquanto o Capitão prosseguia a descrição detalhada de Serena Esplendorosa e seus habitantes. Uma vez lá fora, Pocilga, com a língua ainda meio dormente, soltou um suspiro fundo e disse, olhando na direção da mata:

— Será que isso é verdade?

— Que coisa! — Estrambolho também desabafou. — Tragatrevas? Como isso é possível?

— Será, Estrambolho? Então é verdade isso tudo que ele está falando? Existe mesmo essa terra, com as pedras preciosas e tudo o mais? E ninguém sabe mesmo direito do paradeiro do Tragatrevas.

— Nããão... — Estrambolho respondeu procurando acentuar sua incredulidade.

— Então como ele sabe?

— Escuta aqui, Pocilga... Pense bem. Esse homem aí é viajado. Conhece tudo que é lugar, tudo que é porto. Com certeza já ouviu falar da nossa história...

– Será?

– No mar as coisas correm…

– Isso é verdade. A gente também sabia dele.

– Então. Acho que ele inventou essa coisa toda do Traga-trevas e botou no meio da história só pra dar uma assustada na gente.

– Pois conseguiu. Só de ouvir falar naquele nome, juro… passei mal! Eu achava que aquele desgraçado já tinha sido enforcado, Estrambolho. Você viu o que ele fez com aquele corsário chinês? Não gosto nem de lembrar! Até já sonhei com isso à noite…

– Ei, Pocilga… tive uma ideia! Por que a gente não aproveita enquanto as pessoas estão lá dentro pra dar uma revista no navio? Quem sabe a gente não encontra aquela caixa, hein?

– Boa ideia, Estrambolho.

– Então vai você fazer isso, enquanto eu volto lá dentro para ninguém desconfiar.

– Eu?

– É. Vai, vai…

– Agora?

– O que é que tem?

Pocilga olhou para a mata. Depois ergueu os olhos para o céu na direção da lua, cujo brilho reverberava com intensidade, formando um halo em sua volta. Estrambolho explodiu:

– Não brinca que você está pensando na Miquela Tenebrosa?!

– Olha a lua…

Pocilga era um corsário brigão, mas um tanto impressionável. Das noites passadas nos navios, as piores lembranças vinham das inevitáveis histórias de assombração que seus colegas adoravam contar para passar o tempo nas longas calmarias: navios fantasmas, espectros que andavam sobre águas ou habitavam os porões dos navios clamando por vingança, tudo isso o deixava lívido. Odiava essas coisas. Saía de perto quando alguém começava com essas histórias. E, quando as pessoas faziam menção à sua covardia, ele se defendia afirmando que só tinha medo de criatura que não podia ser furada.

E era o caso da Miquela Tenebrosa. Essa era uma lenda de San Fernando que foi tomando corpo com o tempo. Tratava-se de uma história nebulosa, sobre uma suposta embarcação que teria naufragado ao bater contra os perigosos rochedos que circundam a ilha. Parece que neste navio havia uma mulher rica, chamada *doña* Miquela, conhecida por seu temperamento odioso. Bem agarrada a toda a sua fortuna que se foi com o navio, ela, mesmo afogada, não abandonou mais as imediações. Nas noites claras, dizem, pode ser vista vagando pelos lugares mais inesperados.

De longe parece uma luz brilhando na mata, como um grande vaga-lume ou um fogo-fátuo. Mas, quando a pessoa se aproxima, vê o seu rosto espectral – é um rosto de tal modo tenebroso, que a pessoa enlouquece ou se joga das mesmas rochas que afundaram o navio. Tal é a lenda.

Mas ninguém na ilha conhecia alguém que houvesse visto a tal dama. Os mais velhos falavam sobre antigos parentes que tinham sofrido as trágicas consequências daquele encontro noturno. E alguns pais usavam a história para assustar seus filhos. Outra coisa que tornava o caso um tanto suspeito era que a Miquela Tenebrosa escolhia sempre vítimas que andavam solitárias pela noite. Nunca duas pessoas ao mesmo tempo, o que, convenhamos, era bem conveniente.

Alguns nem ligavam muito. Mita, por exemplo, orientada pelo Monsenhor a rezar o Pai-Nosso, sentia-se desse modo protegida de qualquer assombração, segundo lhe assegurava o Papo. Outros, embora não acreditassem, optavam por arrumar uma companhia sempre que tinham de atravessar a ilha sob uma lua reverberante.

– Pocilga! Não vai me dizer que está com medinho da Miquela Tenebrosa!

– Então vamos fazer o seguinte: eu volto para a taverna e você vai investigar, está bem, Estrambolho?

– Não.

– Ahá!

– Não é isso! É que eu preciso estar lá dentro pra fazer as perguntas certas para o Capitão. Você não sabe perguntar… É burro. Se enrola todo.

– Humm… – Pocilga não objetou. Que era burro, ele mesmo sabia. Por isso sempre havia apreciado a companhia de Estrambolho, o "inteligente" da dupla.

– Vamos fazer o seguinte, Pocilga… Vamos entrar, acabar de escutar aquele balofo contar tudo o que tem para contar. Aí vamos pedir para ele dar a prova da narrativa, mostrar as pedras que trouxe.

– E se ele não mostrar? Ele escorrega feito sabão…

– Aí… aí, mais tarde, nós dois vamos procurar pelas pedras. E, se estiver com ele, nós pegamos e o liquidamos! Apanhamos aquele barco e fugimos com o tesouro! Já pensou? Vamos poder recomeçar fora desse estrupício de ilha!

– Bem pensado, Estrambolho! Vamos nessa!

Assim, os dois entraram novamente na taverna. E, tão logo eles fecharam a porta, bem perto de onde estavam uma sombra se moveu, saindo de trás de umas folhagens que a ocultavam. Mas não era Miquela Tenebrosa. Era Alonso, que resolveu, afinal, ir para a taverna e acabou sendo testemunha daquela conversa – ela sim escabrosa.

TERRA DEVASTADA

As crianças e mãe Marita, aboletadas no seu canto, perceberam a entrada furtiva de Alonso, logo após o retorno dos dois piratas. E, antes que Cortezino o enxotasse, acenaram para que ele fosse se juntar ao grupo. Esgueirando-se contra a parede, abrindo caminho por entre aquela gente que se espremia, ele conseguiu alcançar a janela e ali permaneceu em pé, bem atrás de Érico e Mita.

No meio do salão, Falcão Gaivota pontificava. Havia passado um bom tempo descrevendo os encantos inesgotáveis da sua Roxelina e dos serenos e agora prosseguia a sua saga por Serena Esplendorosa, explicando como viera a encontrar o tirano.

– Amigos, toda a alegria natural, toda a vitalidade, a exuberância de Roxelina era sempre ofuscada por uma sombra de tristeza, quando ela se recordava de seus irmãos que não haviam conseguido fugir para a mata e permaneciam sob o poder de Tragatrevas e seu bando. Não suportando ver aquela sombra num rosto tão radioso – e uma vez que já me encontrava reabilitado, pois havia se passado praticamente um ano que eu me encontrava naquela terra prodigiosa –, propus investigar o que acontecia na capital do reino, onde havia o que eles chamavam de Casa e onde morava o Petrafante antes de sofrer seu trágico fim.

"E, por mais que eu tentasse dissuadi-la, Roxelina quis ir comigo. Queria ver de perto os seus familiares e antigos conhecidos. E, se não conseguisse salvá-los, preferiria então ter a mesma sorte, pois havia entre eles todos uma ligação muito forte. Bem… com muito custo aceitei a sua companhia, mesmo porque não dominava os caminhos daquela terra, nem conseguiria sair daquela mata sem alguma ajuda. Era uma selva intrincada que possuía, além de árvores, uns fungos que cresciam muito, chegando a superar as árvores em tamanho. Tudo isso tornava a caminhada muito difícil e mesmo desnorteante para quem não era de lá."

"Depois de muito andar, chegamos a uma elevação de onde se descortinava a capital. Ela apontou para uma construção simples, mas elegante, e disse: 'É a Casa!' Outra coisa que causou grande mal-estar na minha companheira de estrada foi ver o estado das terras cultivadas. Conforme nos aproximávamos era possível constatar o desleixo em que as culturas foram deixadas. Ali onde, segundo ela, havia uma beleza de cultivo de toda ordem de legumes, verduras e frutas, agora jazia uma terra desolada, devastada mesmo. Era como se uma guerra houvesse tomado conta daquele reino. Aquilo a feria profundamente. Lembrem-se de que era um povo agricultor."

"Assim mesmo fomos nos aproximando devagar, de modo esquivo, escondendo-nos atrás de muros, até chegar próximos à Casa, mas pelos fundos, para que não nos notassem. Até aquele momento eu ainda não fazia ideia de quem era aquela gente que havia subjugado os pobres serenos. Foi então que eu o vi atravessando um pátio, junto com alguns asseclas. E estremeci na hora: reconheci naquele momento que se tratava de Tragatrevas. Algum de vocês aqui já o viu de perto?"

Pocilga ameaçou levantar a mão, mas levou um safanão de Estrambolho. Um tanto perturbado este respondeu:

– Não… não vimos… mas conhecemos muitas histórias. É um sujeito… admirável…

– Admirável? É o pior homem que já pisou num convés! Eu soube então a razão do pânico que havia tomado conta daquela gente simples. Claro que não falei essas coisas para Roxelina nem para ninguém. Como explicar para eles o que é um pirata?

"Entretanto, enquanto eu me espantava com a presença daquele homem em Serena Esplendorosa, Roxelina acabou avistando alguns velhos conhecidos. Confabulando com eles, conseguimos saber qual era a situação de momento. E era esta, amigos: Tragatrevas descobriu a riqueza mineral daquele reino, que para ele importava muito mais do que as terras cultivadas. E passou a usar todos os serenos que podia como mão de obra para extrair daquelas minas o máximo de pedras possível."

"E não é só. Como os serenos não estão acostumados a guardar segredos ou esconder coisas, acabaram chegando até os ouvidos dos corsários notícias do meu navio ancorado no litoral. Tragatrevas havia enviado um dos seus para averiguar, além de fazer uma investigação a fim de descobrir o paradeiro das pessoas que haviam chegado naquele navio – sem saber, é claro, da minha existência, nem que eu fora o único sobrevivente. E, embora eu nada dissesse sobre o caráter daquele sujeito, Roxelina tirou as próprias conclusões pelo meu semblante, que devia estar bem alterado. Resolvemos que o negócio era voltar para a mata e nos esconder. Nada havia que eu pudesse fazer naquele momento."

Falcão Gaivota enxugou a testa com seu lenço e sorriu:
– Então eu tive uma ideia...

A REBELIÃO SERENA

– Pois havia, meus amigos, uma coisa a ser feita. Mesmo que aqueles piratas sumissem por encanto, sugados por uma corrente de vento, afogados no Mar Interior, ou sei lá o que mais pudesse fazer aquela gente evaporar… e assim desaparecendo livrassem aquela terra da corrupção que haviam causado com a simples presença, o malefício estava feito, plantado como semente. Levariam eles todo aquele sentimento vergonhoso que tinham deixado? Não, não, não… e direi mais: não! Com toda certeza, não.

"Era necessário mostrar para aquelas pessoas tão despreparadas para lidar com a brutalidade como recuperar um pouco ao menos da dignidade. Seria eu a pessoa mais adequada para essa tarefa? Novamente: não, não e não. Longe estou eu, caríssimos, de ser um exemplo de qualquer coisa! Entretanto, quem mais poderia fazer aquilo naquele momento senão este que vos fala, o Capitão Falcão Gaivota, com todas as suas incontáveis imperfeições?!"

"Assim, relembrando dos meus tristes tempos de soldado, no início da minha vida marítima, quando cheguei mesmo a servir na Armada da Espanha, recrutei e organizei um pequeno exército com todos aqueles que se refugiavam na mata, e que descobri então tratar-se de centenas de pessoas."

"Mas não tive o desejo de introduzir noções guerreiras naqueles temperamentos tão pacíficos como jamais encontrei igual. Seria algo horrível de fazer. De modo que a minha intenção foi apenas assustar, o que, é necessário dizer, foi feito com absoluto sucesso!"

"Imaginem, amigos, o espanto de Tragatrevas e seu pequeno bando, acostumados a produzir pavor nos serenos pela simples presença, quando viram a multidão marchando na direção deles... Era uma visão impressionante: a capital foi inteiramente tomada por aquela turba, que não parava de crescer, pois os que não tinham conseguido fugir, encorajados, agregavam-se ao exército desarmado."

"Foi delicioso ver o rosto de Tragatrevas: parecia perplexo. Se a multidão resolvesse partir para cima deles, os piratas seriam esmagados. Claro, os serenos não possuíam índole agressiva, mas eles não os conheciam como eu, pelo simples fato de que não se deram o trabalho de fazê-lo! E cada um julga os demais de acordo com o próprio temperamento, é ou não é?"

"De qualquer forma, para reforçar a impressão guerreira eu instruí a minha pacífica armada a fazer certas caretas assustadoras. Tal procedimento, confesso, individualmente era algo mais cômico do que agressivo. Mas numa multidão daquelas produzia algum efeito. Além disso, orientei-os a bater com os pés no chão num ritmo constante."

"E imaginem que som aquilo produzia! Estávamos num mundo onde o 'céu', mesmo que alto, era apenas a crosta da Terra. A verdade é que aquele lugar não passava de uma caverna, a mais gigantesca de todas, mas ainda assim uma caverna. Os sons possuem ali uma reverberação que não têm ao ar livre. Um eco imperceptível acompanha os sons baixos, como a fala. Mas o barulho produzido pelos milhares de pés batendo era de outra ordem, e foi multiplicado por um eco difuso, mas ensurdecedor, propagado pelos cristais que nos cobriam."

"Então eu me apresentei como o forasteiro e dono do navio encontrado e, em nome de todos, disse a eles que abandonassem Serena Esplendorosa naquele exato momento. Tal acontecimento não causou espanto apenas no bando de piratas, pois todos, incluindo o detestável Tragatrevas, estavam acuados e apavorados. Mas provocou um grande impacto também no ânimo dos serenos. Senti neles um susto pelo que haviam feito."

"E aí aconteceu outra coisa surpreendente… Ou melhor, surpreendente para nós aqui de cima, mas bem de acordo com o temperamento daquele povo. Eles passaram a ficar preocupados e até penalizados com os piratas! Pode isso? Ah! Meu sangue ferveu. Juro… senti vontade de dizer poucas e boas!"

"Acontece que Tragatrevas pedia clemência, e com sentimento na voz, o fingido. O que dizia ele? Vou reproduzir: Oh… se fossem expulsos para onde iriam? Oh… seriam condenados a ficar vagando pelo Mar Interior, pois não sabiam como sair dele. Oh… acabariam expostos aos perigos desconhecidos daquelas águas e mesmo que escapassem a eles… oh, morreriam de fome cedo ou tarde. E um monte de coisas verdadeiras que soavam patacoadas aos meus ouvidos treinados em reconhecer fingimento."

"Roxelina veio servir de porta-voz de alguns dos seus, pedindo para que aquela pena fosse reconsiderada e que talvez eles pudessem ficar ali, talvez mudassem de jeito, quem sabe. Túlio Balmersão e outros, entretanto, eram de opinião contrária. Achavam que aquela presença já havia causado muito mal, e iria continuar causando, mas não tinham ideia do que fazer. Eu também era dessa opinião. Pensava que, uma vez que Tragatrevas percebesse que aquela rebelião não possuía uma verdadeira agressividade, iria voltar a praticar atos de escandalosa violência, e os serenos ficariam uma vez mais à sua mercê. O que fazer para superar aquele impasse?"

"Como eu disse antes, eu sabia, graças a Túlio Balmersão, que aqueles remoinhos eram resultado de movimentos das rochas e aconteciam em prazos mais ou menos regulares, em geral de ano em ano… E sua ocorrência era anunciada por vários indícios: as gaivotas passavam a cantar com mais estridência, sentindo, como os animais sentem, sutilezas na mudança dos ventos. E também por uma cheia do rio que cortava o reino, resultado do aumento da água do mar. O fato é que esta cheia já havia começado… Logo teríamos, portanto, outro remoinho daqueles, que poderia tanto sugar novas embarcações como expelir aquelas que estivessem preparadas para tanto e, claro, tivessem a sorte de sair dele intactas!"

"Desse modo sugeri aos serenos esta minha proposta: eu iria com os piratas tentando levá-los para fora do Mar Interior através do remoinho, que havia atravessado com sucesso na vinda. Outros, em tempos antigos, haviam conseguido tal proeza, ou os boatos sobre o Mar Interior não teriam se propagado no mundo de cima. Com tal conhecimento e estando preparados teríamos talvez mais chances de escapar. E assim levaria aquela gente para longe de Serena Esplendorosa."

– Mas você poderia morrer com eles! – a menina Lívia exclamou, num impulso que ocasionou risos da assistência.

– Sim, minha querida, foi o que me disse Roxelina. E me disse de um jeito que não vou esquecer, quase como um pedido para que eu ficasse por lá e me juntasse àquele povo, transformando-me mesmo num deles. E não acham que fiquei tentado? Mas eu precisava fazer aquilo. Era necessário. Eu não podia deixar de ver como a tristeza, trazida por aqueles homens cheios de corrupção e de violência, foi aos poucos destruindo a fibra dos serenos. E também, preciso confessar… Algo em mim ansiava por navegar novamente! O que fazer quando se é um navegante no fundo da alma? O mar chama, com todos os riscos, com todas as tormentas, com todas as incertezas!

"Então me adiantei e expus a Tragatrevas as minhas condições. Obviamente ele aceitou na hora. Mas aceitou ao modo de alguém que se rende e não impõe exigências. Os serenos, na sua ampla generosidade, permitiram que eles levassem as pedras preciosas que haviam conseguido pegar. Afinal, não era nada perto do que havia naquelas minas! Ainda assim o Turmalina dos Mares ficou abarrotado."

"Roxelina e Túlio Balmersão vieram se despedir de mim e me trouxeram, num saco de pano, vários daqueles rubis preciosos que para eles não passavam de belos minerais. 'Se isso vai fazer diferença para você, leve um pouco também...', Roxelina me disse, referindo-se às pedras. Depois perguntou se eu voltaria algum dia. Apenas olhei para ela e beijei sua testa ampla e generosa."

"O que eu poderia dizer? Mal sabia se iria conseguir escapar daquela travessia pelo Mar Interior, nem se conseguiríamos entrar no remoinho forçando a direção contrária e chegar inteiros à superfície. E, mesmo que tudo isso acontecesse, eu teria que reencontrar novamente o remoinho para retornar. Contudo, apesar de todos esses fatos, não sei por que, prometi que iria retornar."

"Foi com grande tristeza, amigos, que vi aquela terra se afastar. Os serenos lançavam acenos na minha direção e o vulto grande de Roxelina foi o último a deixar a praia. Meu coração se apertou, mas eu estava em paz com a minha consciência: fiz o que tinha de ser feito."

O RETORNO

– Êeehhh! E lá se foi Falcão Gaivota, de volta para o mundo de cima. E novamente passou por serpentes que guincharam ao ver o barco, mas pareciam mais assustadas com a presença de estranhos do que eles com elas. E uma vez mais encontrou o grande remoinho, que exigiu toda a perícia dos marinheiros. E outra vez aquela velocidade arrebatando a embarcação, fazendo com que ela desse voltas vertiginosas, agora no sentido ascendente; até que, chegando ao topo daquela força da natureza, foi atirada para cima, para o ar, e caiu na água estrepitosamente, arrebentando-se toda!

"Isso mesmo... O pobre Turmalina viu a quilha se partir e o casco romper fazendo com que todo aquele tesouro incalculável afundasse nas águas. A minha sorte é que fiquei ali, agarrado ao leme, e assim sobrevivi junto com a parte principal do navio. Os outros piratas foram atirados longe, uns tentando apanhar alguma sobra do tesouro."

– Se afogaram? – Pocilga exclamou. – Tragatrevas se afogou?

– Bem, segundo me consta, sim. Muito embora tenha ouvido dizer em algum lugar que ele aguarda julgamento em Londres, tenho certeza de que o vi se afogando no remoinho!

Pocilga fez um gesto de desânimo. Queria ter uma notícia taxativa da morte do Tragatrevas, queria acreditar nas palavras de Falcão Gaivota, mas para isso teria que acreditar também em toda a história, no remoinho, no Mar Interior e em tudo o mais.

– E o barco? – alguém perguntou. – Se ele quebrou todo, como está aí ancorado, novinho em folha?

– Sim, com algumas avarias no casco, mas inteiro – riu o Capitão. – Bem, lembra daquele saco com rubis enormes que Roxelina me deu? Pois bem… ele estava amarrado na minha cintura e não se perdeu como o resto das pedras.

"Assim, acabei chegando ao litoral frio próximo do Alasca, quase morto. Fui salvo por pescadores de baleia e recuperei minhas forças. Depois, com aquelas pedras, consegui reconstruir o valoroso Turmalina. E, como disse ontem, graças a essas pedras tenho podido também viajar pelos mares, conhecendo todos os portos e contando a minha história. E, claro, espalhando por todos os portos o relato sobre o Mar Interior, sobre Serena Esplendorosa e seu povo."

"Pensei várias vezes em voltar para lá, mas o pensamento de tentar a sorte naquele remoinho novamente me desanimou. Entretanto, não desisti completamente da ideia. Creio mesmo que logo, logo, se Deus assim o quiser, retornarei para o Mar Interior e para os braços de Roxelina. E esta, amigos, é a história que vocês me pediram para contar e está aí, contada do começo ao fim, tal como prometi, com todas as vírgulas e acentos, sem faltar nem mesmo este derradeiro ponto-final."

Para Érico, aquele era um momento sempre interessante de observar. Um silêncio reflexivo engrossava a atmosfera. As expressões das pessoas, pensativas, deixavam transparecer uma pista do que sentiam: algumas pareciam chateadas porque queriam escutar mais; outras demonstravam uma luta interna entre acreditar e não acreditar naquela narrativa. Afinal, tudo fora descrito com minúcias, com detalhes, mesmo as coisas mais extravagantes. E havia aquela mistura de um povo desconhecido, os serenos, com gente da vida real, como o Tragatrevas, que confundia.

Além disso, algumas pessoas como Túlio Balmersão e, principalmente, Roxelina, existissem ou não, haviam sido introduzidos na imaginação daquele público e fariam parte da memória deles. Alguns desejavam secretamente que Falcão

Gaivota voltasse para Serena Esplendorosa, aquela terra boa de gente amiga, e para sua amada Roxelina. Ou, antes, desejavam que aquilo pudesse de fato existir.

Até mesmo Estrambolho e Pocilga perdiam-se em cismas. Pocilga não acreditava que todo um tesouro tivesse sido perdido, caso fosse verdade – além da angústia de não saber o destino certo de Tragatrevas. Já Estrambolho parecia um tanto decepcionado com o corso negro e a forma como ele se assustara com a multidão de serenos. Por mais que ele temesse aquele pirata, sentia algo como um desprestígio para a categoria corsária.

Mas, de repente, ele despertou da sonolência e avançou contra o Capitão:

– Muito bem... tudo muito bonito, bela história, de fato... Mas agora eu quero provas... provas de que tudo isso aconteceu!

– Mas como, santo homem, eu poderia provar uma coisa dessas?

– Mostrando, por exemplo, esses tais rubis, essas pedras que você diz ter trazido. Não foi por causa delas que você pôde viajar este tempo todo? Você mesmo disse isso!

– É verdade. Falei mesmo. E foi isso que aconteceu... Apenas que...

– Que o quê?!

– Que eles acabaram! Bem, tudo na vida acaba um dia, certo? E por isso mesmo estou pensando em retornar ao Mar Interior. Não para pegar mais pedras... mas porque meus tempos de viagem pelos mares estão no fim... E esta seria minha última viagem...

– Mentiroso! – Pocilga deu um salto para a frente, com o dedo em riste. – Você ainda tem pedras, sim. Está escondendo...

– Escondendo? Onde?

– Na caixa! – gritou Pocilga. – Na caixa onde você as guarda!

– Como você sabe que eu guardo uma caixa?!

O espanto do Capitão não foi menor do que o de Érico. Como aquilo havia vazado? O grumete olhou para o rosto igualmente espantado de Mita. Então os dois se viraram na direção de Alonso. E perceberam na hora o que ele havia feito.

AFLIÇÃO NA NOITE

– Como você pôde fazer isso, Alonso? – Mita não se conformava. – O Érico contou para nós aquele segredo…

– Eu não sabia que era segredo!

– Ah! Mesmo que não fosse… – Marita bronqueou com o filho naquele seu sotaque estranho. – Como você sai por aí contando? E ainda mais para aqueles dois! Você fez de propósito… fez sim! Agora o menino fica mal com o Capitão e tudo vira uma bagunça. E eles ainda correm risco de vida! Eu falei para você não ficar andando com aquela gente e com aqueles meninos maiores…

A conversa acontecia na casa da mãe Marita, para onde foram logo após o fim da longa noite na taverna. Além dos três, se encontravam por ali Lívia, Valença, Leo e Nagogo.

– Vai acontecer alguma coisa com o Capitão, mãe? – Nagogo perguntou, aflito.

– Não sei…

Alonso estava acuado. Todos olhavam para ele com uma mescla de pena e desapontamento. Pena porque sabiam que ele vinha sofrendo muito. Ele tinha apenas três anos quando o pai se fora e mal se recordava do rosto daquele espanhol alucinado.

O desapontamento ficava por conta da traição: era evidente que Alonso havia feito de propósito e mal conseguia disfarçar seu desgosto para consigo mesmo. Valença era a única que procurava tomar o seu partido, ou pelo menos entender o seu lado:

– Mas ele contou pra gente agora, não contou? – ela disse timidamente. – Se ele não tivesse contado a gente não ia poder fazer nada…

– E o que a gente pode fazer? – Nagogo voltou a perguntar.

– Alguma coisa a gente tem que fazer! – Mita respondeu meio para si mesma, andando em círculos pela sala. – Conta de novo, Alonso… o que é que eles falaram?

E mais uma vez Alonso narrou a conversa de Estrambolho e Pocilga, que ele havia flagrado sem querer. Desde o apavoramento de Pocilga com a possível aparição da Miquela Tenebrosa até o plano de extorquir o tesouro do Capitão, acabando com ele – e com o grumete, se fosse o caso.

Sua voz parecia cada vez menos firme, cada vez mais envergonhada, ao falar sobre aquilo. Sentia o peso da responsabilidade pela vida daquelas pessoas. Até que, não suportando mais a pressão interna, desatou num choro que silenciou a sala. Marita passou a mão pela cabeça do filho, sob os olhares compassivos de Valença. Mita saiu até o avarandado e, olhando para o céu, admirou a esplêndida lua caribenha, reverberante no meio do céu. E repetiu uma vez mais:

– A gente tem que fazer alguma coisa.

Alguém bateu palmas na entrada de modo aflito, como se estivesse com pressa. Era Cortezino, o dono do Bucaneiro Risonho. Ele entrou todo afobado e disse para Marita:

– Acho que alguma coisa muito ruim vai acontecer com o Capitão!

O pequeno Leo abriu uma boca de choro:

– Vai acontecer o quê?

Todos cercaram Cortezino, que sentou numa cadeira, agitado, passando a mão pelo rosto de modo compulsivo.

– Aqueles dois… vocês sabem. Bem… eles quiseram invadir o quarto do Capitão na taverna agora há pouco. Eu falei que o Capitão tinha ido dormir no navio. Eles não acreditaram e me forçaram a abrir o quarto. Pensei até que fossem me matar... Nunca vi os dois daquele jeito! E, quando eles viram com os próprios olhos que o quarto estava vazio, passaram a falar coisas que eu não compreendi muito bem... sobre uma tal caixa, sobre pedras preciosas... Será que eles levaram a sério o que o Capitão contou sobre aquele reino?...

– Serena Esplendorosa! – Lívia disse.

– Não é possível. Ele é apenas um contador de histórias – lamentou Cortezino.

– E se for verdade? – a menina insistiu.

Mas Cortezino nem prestou atenção. Levantou-se e foi até a varanda:

– Só sei que eles não estavam com uma cara muito boa... Quando eu saí da taverna os dois estavam falando baixo, sussurrando, planejando alguma coisa. E eu não gostei nem um pouco do olhar deles...

– O que nós podemos fazer? – perguntou Marita.

Um silêncio denso, repleto de pressentimentos, pesou sobre a sala.

MADRUGADA FEBRIL

Quando Cortezino voltou ao Bucaneiro Risonho, Estrambolho e Pocilga ainda conversavam. Calaram-se logo à entrada do dono da taverna, olhando-o de lado, com ares de poucos amigos. Foi só Cortezino dizer boa-noite e ir para os fundos que os dois voltaram a confabular.

– Eu não disse que esse homem era esperto? – Estrambolho falou, referindo-se ao Capitão Falcão Gaivota. – Quando a gente o colocou contra a parede, perguntando da tal caixa, ele foi dormir no barco. Ah, Pocilga... Pode ter certeza: tem coisa ali. E coisa preciosa. Acho que demos sorte.

– E o que vamos fazer, Estrambolho?

– Eu acho que a gente tinha que ir lá agora mesmo.

– Pois eu acho melhor esperar e ir pela manhã.

– Por causa da Miquela Tenebrosa? Mas nós vamos em dois! Qual é o seu medo?

– Não é só isso, Estrambolho. Digamos que a gente ache as tais pedras, rubis, sei lá o quê... E digamos também que a gente tenha que acabar com o Capitão e com o grumete. Do jeito que esta gente aqui está gostando desse velho, a gente não vai ter outra saída senão pegar o barco e ir embora...

– E você quer coisa melhor que isso? Sair desse marasmo? E ainda cheios de riqueza!

– E o Tragatrevas?

– Você não ouviu o Capitão? Ele se afogou no remoinho...

– Então você acredita...

Foi a vez de Estrambolho ser pego no contrapé. Gaguejou um pouco e disse:

– Quer dizer… talvez uma parte da história seja verdadeira. Quem sabe esse Capitão não viu mesmo o Tragatrevas se afogar? E, se não morreu, está preso. E mesmo que ainda esteja no mar… Ah! Quer saber? Não estou nem aí! Com esse dinheiro a gente acha um lugar mais divertido para se esconder, Pocilga, vai por mim.

– Humm… ia ser uma boa. Mas mesmo assim, Estrambolho. Digamos que a gente faça isso agora… Não dá pra levantar âncora nessa ilha durante a noite. Os rochedos… você sabe…

– É… Não tinha pensado nisso. Vai ter que ser de manhã. Ou melhor: a gente pode esperar um pouco… vamos esperar um pouco mais. Assim, quando a gente fizer o ataque, já vai estar quase clareando.

– Boa!

E os dois ficaram ainda um tempo em confabulações diversas, decidindo que iriam até Santo Domingo, pensando como fazer para trocar as pedras por dinheiro, pois estavam certos de encontrar aquele tesouro. Pocilga, sem a menor cerimônia, foi até a adega de Cortezino apanhar mais rum.

Enquanto esperavam, bebiam. De tempos em tempos, Estrambolho ia até uma das janelas observar a posição da lua no céu, e, quando se passaram umas duas horas, os dois, um tanto bêbados e por isso mesmo mais audaciosos, resolveram ir até o Turmalina dos Mares acabar de uma vez por todas com aquela história. Muniram-se de espadas, punhais e uma pistola.

Saíram batendo a porta da taverna. O rum parecia estar fazendo efeito, pois eles riam bastante, falavam alto, sem o menor receio.

– Ha, ha! Que coisa, hein, Estrambolho… Serena Esplendorosa! Que coisa! Ha, ha, ha! Que história…

– E sabe o que me espanta? É que tinha muita gente a fim de acreditar naquela baboseira. E não eram as crianças, não… Ha, ha, hi, hi…

– Mas o danado daquele Capitão leva jeito pra coisa. Até eu comecei a acreditar naquela barafunda toda. Ha, ha! Roxelina! Ha, ha, ha…

– Hi, hi, hi…

Quando chegaram próximos ao atracadouro, Estrambolho estancou o passo e fez um gesto para Pocilga silenciar. Permaneceram algum tempo sentados numa pedra admirando o Turmalina dos Mares flutuar serenamente num rastro que o luar produzia no oceano. Por um momento eles perderam o impulso.

Tanto um quanto o outro já havia matado gente às dezenas na vida corsária. Está certo que tudo feito ao sabor das refregas, na sanha dos combates, quando o Cão dos Mares emparelhava com outro navio e havia o assalto. Eles, com certeza, nunca foram os mais bravos e ficavam para trás até sentir que a luta estava ganha, para aí entrar com tudo no combate. Mas nunca haviam matado ninguém a sangue-frio, premeditadamente, como iam fazer naquele momento. Não que tivessem algum problema de consciência, piratas que eram, mas alguma coisa podia dar errado. Aquele Capitão era grande e não tinha jeito de quem se intimidava.

– Você acha mesmo que tem pedras preciosas com ele, Pocilga?

– Claro, Estrambolho. Você mesmo falou!

– É. Sabe o que eu acho? Ele não disse que tinha navegado um tempo com piratas?

– Disse sim.

– Pois então. Acho até que esse tesouro dele vem daí.

– Pode ser… pode ser…

– E será que… pensei isso agora… Será que ele também não andou saqueando o Tragatrevas?

– Por que você diz isso?

– Ora, ele descreveu muito bem o Campanela para quem só viu uma vez. E esse negócio de saber que o Tragatrevas se afogou… Hummm… sei não…

– Ei… é verdade, Estrambolho!

– Vai ver ele está na mesma situação que a gente… Vai ver ele roubou o Tragatrevas.

– Seria engraçado.

– E aí… pensa bem… se a gente der um azar danado de topar com o Tragatrevas, podemos dizer que recuperamos o tesouro dele.

– Isso se a gente já não tiver gastado tudinho… ha, ha, ha…

– Hi, hi, hi…

Estas considerações aumentaram a coragem da dupla.

– Vamos lá, então! – Estrambolho disse, levantando-se.

Os dois voltaram a caminhar em passos lentos na direção do atracadouro, mas de repente Pocilga parou com uma expressão de pânico.

– Você viu aquilo? – disse, com a voz trêmula, apontando para a mata.

– Aquilo o quê, Pocilga?

– A… aquilo?

Estrambolho soltou um suspiro de impaciência.

– Eu não estou vendo nada!

– Lá! Lá! – Pocilga corrigiu o olhar de Estrambolho para uma luz bruxuleante. – Viu?

– Humm… Agora vi. O que será?

– Eu é que pergunto… Que é aquilo, Estrambolho?

– Sei lá. Pode ser vaga-lume.

– Vaga-lume? Só se ele comeu todo o bando dele! É muito grande!

– É… mas não deve ser nada… Vamos.

– Como não deve ser nada? E olha… Está vindo para cá!

– Seja lá o que for, se chegar perto a gente fura, Pocilga.

– E se for coisa que não dá para furar?

– Ai, ai… Você acha que é a…

– Aaaiiii! – Pocilga soltou um berro fino e alto.

– Quieto! Você vai despertar o Capitão.

– Eu vi! Eu vi uma cara, Estrambolho. E uma cara horrível…

– Que cara… – mas Estrambolho não conseguiu terminar a frase. Seu couro cabeludo arrepiou-se todo quando ele divisou, próximo à luminosidade, um rosto terrível, algo como ele nunca tinha visto. E mesmo ele, que não tinha medo do sobrenatural como Pocilga, sentiu as pernas tremerem.

– Acho que a gente bebeu rum demais, Pocilga. Estou vendo coisas…

– Mas eu estou vendo também! Que coisa horrível é aquela, Estrambolho? Olha… vem chegando… eu vou… eu vou… aaaiiii…

Dominado por um pânico incontrolável, Pocilga saiu correndo pela mata, na direção da taverna. Escorregava, levantava novamente, sempre gritando, com os olhos quase saltando das órbitas. Estrambolho, sugestionado pelos gritos de Pocilga, até pensou em usar a pistola, mas teve medo de sofrer o sortilégio do rosto tenebroso da lenda e resolveu seguir os passos do companheiro.

Em pouco tempo os dois se encontravam trancados no quarto da taverna. Cortezino, ao ouvir aquela gritaria, levantou-se e foi ver o que era. Encontrou o salão vazio, e ao voltar pelo corredor escutou alguns gemidos abafados vindos do quarto dos dois piratas. Sorriu e voltou para o seu sono.

SAN FERNANDO SE AGITA

Os primeiros raios de sol encontraram o convés do Turmalina dos Mares em grande efervescência. Mãe Marita, com a ajuda de um sabão feito de gordura de peixe, esfregava com determinação as barbas grudentas do Monsenhor. Transformá-lo numa versão atualizada da Miquela Tenebrosa tinha sido ideia de Mita. O difícil fora trazer aquele ancião do alto da ilha no meio da noite e explicar tudo. O que facilitara é que o Monsenhor estava sempre mais lúcido nas madrugadas do que durante os dias. Ele costumava passar noites em claro, lendo tratados teológicos e folheando um exemplar encardido da *Vulgata* em latim.

Uma vez que conseguira chegar à casa de mãe Marita – trazido cuidadosamente pelas mãos de Mita e Nagogo –, a índia lhe aplicou uma espécie de cola de farinha nos cabelos e nas barbas, deixando-os eriçados e duros. Farinha também foi aplicada na sua face, para empalidecê-la, o que teve o efeito secundário, mas horripilante, de acentuar as inúmeras rugas que lhe vincavam o rosto.

Depois, com jeito, lhe tiraram a velha túnica monástica e lhe enfiaram pela cabeça um dos velhos e também rotos vestidos de fidalga de mãe Marita. Para completar, deram-lhe para segurar uma lanterna usada em geral em festejos da aldeia. Aquela iluminação indireta, de baixo para cima, fazia um efeito impressionante. Mita pediu a Papo que sorrisse e todos se arrepiaram quando aquele sorriso banguela iluminou a face esbranquiçada. Isto para não falar daqueles olhos ampliados pela lente poderosa do óculo. Não foi à toa que os piratas correram: a própria Miquela Tenebrosa, se o visse, fugiria espavorida.

Monsenhor tudo suportou com espírito ligeiro, chegando mesmo a dizer que havia muito tempo não se divertia tanto. E agora, novamente trajando seu velho hábito, aguentava com paciência a lavagem enérgica que Marita lhe aplicava para livrar os cabelos e as barbas daquela pasta grudenta. No passadiço, Capitão Falcão Gaivota soltava gargalhadas redondas e intermináveis, chegando a ser um prazer vê-lo rindo daquele jeito. E ele pedia que Lívia e Valença repetissem uma atrás da outra toda a história do disfarce. E de como Nagogo e Mita, abaixadinhos, conduziram os passos do Monsenhor até o atracadouro, onde esperavam encontrar os piratas.

E, quando Valença começou novamente a narrar todo o teatro criado por Mita, sempre acompanhada pelos risos do Capitão, eis que uma voz interrompeu a narração e a risada:

– Estão se divertindo, não é?

Todos os que estavam no convés se viraram ao mesmo tempo. E deram com Estrambolho e Pocilga com cara de bem poucos amigos. Na verdade, pareciam muito enfezados. Pocilga segurava uma pistola numa das mãos e um punhal na outra, enquanto Estrambolho, saltando agilmente da plataforma, entrou no convés e foi direto ao Capitão.

– Pelo jeito você gosta de rir, não é, velho? Aliás, é só o que tem feito esses dias todos: tem rido de todo o mundo com suas histórias, não é?

– Absolutamente, eu...

– Cala a boca! – Estrambolho berrou, e, desembainhando a espada, encostou a lâmina no pescoço de Falcão Gaivota, deixando-o acuado. Valença saiu correndo, chorando, indo para onde estava mãe Marita e Monsenhor. O mesmo fizeram as outras crianças. Mita e Érico, que conversavam na proa, vieram correndo e estancaram ao ver a cena.

– Querem parar com isso?! – Mita falou, quase sem pensar.

– Por quê? O que você vai fazer? – Pocilga, que também acabara de chegar ao convés, disse, zombeteiramente, gesticulando no ar suas armas.

– Você vai mostrar a tal caixa para nós... agora! – exigiu Estrambolho, aproximando seu rosto da cara do Capitão. – Agora... entendeu? Agora!

– Meus amigos... acho que não é necessário... – o Monsenhor ia se levantando para falar quando recebeu um empurrão de Pocilga e caiu no chão.

– Papo! – Mita correu até ele, tentando erguê-lo com a ajuda de Lívia e Valença. Érico também foi para o lado delas.

– Seu estúpido! – gritou Mita para Pocilga. – Não vê a idade dele?

– Cala a boca, menina... fica quieta que nós estamos tratando de assunto sério.

Mas Mita era dona de um temperamento inflamável, de modo que correu até o pirata e desferiu um chute na canela dele, fazendo com que Pocilga disparasse a pistola sem querer. Mas o tiro não acertou em nenhum alvo, indo se perder nas águas.

– Bandida! – ele gritou, saltando de dor. Depois tentou segurar Mita pelo braço, e neste ponto Érico e outros correram para tentar desvencilhar a amiga.

– Pocilga! – gritou Estrambolho. – Quer parar de brigar com as crianças!

– Ela chutou minha canela!

Estrambolho torceu o braço do Capitão nas costas e estava prestes a gritar para que todos ficassem quietos ou cortaria a garganta dele. E só não o fez por causa de um movimento que chamou a sua atenção. Acima do atracadouro foram chegando os meninos da ilha, todos aqueles que nos últimos tempos andavam sempre com os piratas. E todos no convés também se voltaram para ver a cena inusitada.

– Ei, garotos! – Pocilga acenou, alegre. – Querem ver um pouco de ação, é?

Um daqueles meninos, na verdade já quase um rapaz, disse:

– Queremos que você deixe o Capitão em paz.

– Ah, é? E por que isso agora? – Estrambolho berrou. – Vocês não têm nada que ver com isso. Vão para casa… Vão!

E voltando-se para Falcão Gaivota:

– E você… a caixa… já!

– Pare com isso! Larga o Capitão! – o garoto voltou ordenar.

Naquele momento começaram a chegar aos poucos os outros habitantes mais velhos, os pescadores, moradores da vila, homens e mulheres. Não precisou muito para uma multidão considerável cercar o barco, todos empunhando algum objeto: bastões, pedaços de ferro, adagas de estripar peixe, facões de cozinha, martelos, pés de cabra, arpões de pesca, utensílios de fins pacíficos, mas que pareciam extremamente agressivos naquele momento.

– Que é isso, minha gente… – Estrambolho disse com um sorriso amarelo, soltando o Capitão. – Não é para tanto… Estamos brincando… Como costuma dizer o nosso Capitão aqui… Mas que açodamento!

Pocilga olhava a multidão com uma expressão patética que mesclava raiva e impotência. Eles não poderiam medir força contra aquele contingente. Naquele momento, Cortezino subiu a bordo e, em nome de todos, falou para os dois ao mesmo tempo:

– Acontece que nós cansamos de vocês dois… Estão aqui há muito tempo. Queremos que vão embora.

– Mas… mas para onde? – Estrambolho respondeu com a voz um tanto trêmula. – Nós… não temos como sair daqui. Quando vier o próximo navio, nós…

– Nada disso! – Cortezino disse, com a segurança que dá a qualquer líder uma retaguarda poderosa. – Vão agora… já! Lá na vila tem uma barcaça de pesca. Está um pouco velha, mas aguenta bem. Com sorte vocês chegam a Santo Domingo com ela.

– Santo Domingo! – Pocilga gritou. – Mas isso é assassinato! Esse mar tem tubarão!

– Talvez… – respondeu Cortezino, avançando com um sorriso. – Mas não tem Miquela…

O adjetivo "Tenebrosa" acabou encoberto por uma gargalhada coletiva. E assim aconteceu: desarmados, os dois piratas foram conduzidos até a praia dos pescadores, introduzidos na barcaça, que por sua vez foi empurrada até depois da rebentação. Por mais que eles implorassem, a multidão na praia permaneceu impassível. Lá se foram os dois remando furiosamente na direção de Santo Domingo.

Tal acontecimento gerou uma energia exuberante na população de San Fernando – energia que se transformou numa festa de verdade. Não se sabe de onde mesas foram montadas e tortas foram servidas, feitas às pressas, e ainda assim parecendo deliciosas. Todos conversavam animadamente e os acontecimentos do dia deram lugar a planos para melhorar a vila, a pesca e tudo o que se relacionava à ilha. Cortezino e alguns outros homens pareciam animadíssimos como se tivessem despertado de um sono.

A celebração durou o dia inteiro e entrou na noite. Houve música e comida, tudo feito de modo improvisado. Todos pareciam felizes com a ação dos meninos maiores e uma pergunta passeava pelas mentes: por que haviam trocado de lado repentinamente?

Talvez a iminência de se tornarem cúmplices de um crime tenha pesado afinal na consciência deles. Ou, talvez, aquela chispa de heroísmo própria da idade tenha encontrado uma forma positiva para ser canalizada. Esta segunda opção, apesar de vaga, tinha algum sentido e se tornou explícita do modo mais transparente na boca do pequeno Leo. Enquanto ele e Nagogo se fartavam de comer torta doce e admirar a dança dos mais velhos, o taciturno garotinho virou-se para o amigo e disse, referindo-se aos acontecimentos do dia:

– Igual que em Serena Esplendorosa!

E Nagogo sorriu em aprovação.

A NAU DO LOUCO AQUAFANTE

A popularidade do Capitão Falcão Gaivota se tornou imensa na ilha. Aonde quer que fosse era saudado. A questão sobre a veracidade dos seus relatos pareceu de repente absolutamente ociosa. Aquela população estava como que se sentindo no centro do mundo, por conta de tudo o que havia ocorrido, e ninguém queria que ele fosse embora.

Um grupo de pescadores que gostava muito de tocar e cantar chegou mesmo a compor uma alegre canção para o Capitão, usando o seu nome sereno. A música foi executada numa noite, na taverna, acompanhada por violas portuguesas, num estilo de moda em vigor no além-Tejo. Era assim:

Venham logo, marinheiros,
Venham todos para o cais,
Juntem-se em euforia
e fitem no azul horizonte
o regresso triunfal
da nau do louco Aquafante.
A hora agora é de festa
porque vem lá no horizonte
calmamente navegando
retornando, retornando,
do país do azul distante
a nau do louco Aquafante.

Esta canção foi cantada por muito tempo e acabou sendo conhecida em outras ilhas, com variações na letra e mesmo na melodia.

E, apesar de tudo isso, houve uma manhã em que o Capitão chamou Érico, que andava pela ilha na inseparável companhia de Mita.

– Está na hora de ir... O Mar Interior me chama! Agora estou partindo para a terceira navegação!

Érico, que percebeu aonde aquela conversa ia chegar, trancou o rosto numa expressão de zanga.

– Não precisa falar isso. Não precisa contar histórias para mim... eu já conheço todas. E sei que é tudo mentira!

Falcão Gaivota lançou um olhar cheio de sentimento para o menino que tinha visto crescer. Sorriu, mas recebeu de volta outra pedrada:

– Eu sei que você vai me deixar aqui, não vai?

– Escute... Este velho Falcão não tem mais condições de ficar viajando... Cada vez eu tenho menos tripulação... o que eu posso fazer? Você tem uma vida pela frente... Não conheço outro lugar onde você possa ficar... eu... gostaria...

Mas ele sentia dificuldade em explicar o que sentia, media demais cada palavra, pois não desejava deixar em Érico uma última imagem negativa.

– Então me leve junto para o Mar Interior! – Érico exigiu.

– Levar? Não... é perigoso! O remoinho... A gente nunca sabe o que pode acontecer. Eu dei sorte, mas aquilo... Puxa! Aquilo pode despedaçar um navio grande se ele entra de mau jeito. Nossa... a força que aquilo tem...

– É nada! Você sabe que não tem remoinho nenhum.

– Como não? Eu...

– Então vá de uma vez! – Érico gritou e saiu correndo. Passou por Mita, que o aguardava, e tomou o caminho do alto da ilha, da gruta do Monsenhor, sem se deter no caminho.

– Érico! – Mita gritava, tentando acompanhar suas passadas.

Até que, sem fôlego, ele se deteve naquela pedra em que ele e Mita sentaram-se para apreciar a vista, no dia em que se conheceram. Logo ela chegou e sentou-se ao seu lado, sem nada dizer. Com sua agudeza natural, ela havia percebido inteiramente o que tinha se passado.

De modo que os dois permaneceram em silêncio admirando o vasto oceano que se estendia lá embaixo e dominava a visão até o horizonte. E não viam apenas aquele mar com o qual os marinheiros têm de lidar para sobreviver, cheio de caprichos e humores; mas todos os mares superpostos nele: o mar da memória, com todas as histórias acumuladas, contadas e recontadas em todos os portos; o mar da imaginação, com todas as lendas e todas as possibilidades e expectativas. E um mar sobrepunha o outro, em transparências e profundidades infinitas.

Era este mar completo que eles observavam em silêncio: o mar de Falcão Gaivota.

A PARTIDA

A revolta de Érico com o Capitão foi sentida por todos. Como tudo naquela ilha pequena, todos logo ficaram sabendo que o grumete se enfiara na gruta do Monsenhor e dali não queria sair. O velho monge procurou de todas as formas, a pedido de Mita, dissuadir o garoto daquela atitude, aparentemente sem sucesso. Ele permanecia fechado como uma ostra mal-humorada, sem permitir o menor acesso aos seus sentimentos.

Mita, cuja forte positividade tomava às vezes a forma de uma impaciência, se irritava com o que lhe parecia autopiedade. Mas nada disso vinha para ela na forma de raciocínio, e sim de impulsos enérgicos.

– Vai lá falar com ele, Érico – conclamava. – O Capitão vai embora hoje.

– Eu sei. Pois que vá.

– Ele adora você... Mas está pensando no seu bem. Ele... ele... não sabe o que pode acontecer com ele...

– Ele é um mentiroso, Mita. Tudo o que sai da boca dele é uma mentira deslavada. É tudo história. Tudo...

Monsenhor, que ouvia atentamente aquele diálogo, sorriu ao ver o brilho dos olhos da menina. Havia tanta generosidade neles! Como podia, naquelas circunstâncias? O ancião sentou-se ao lado de Érico e disse com sua voz um tanto falhada pela idade:

– Tudo história, é? É uma coisa engraçada isso de alguém contar história. Por que todo o mundo gosta de escutar? E gosta tanto que até Jesus inventava histórias para falar com as pessoas. Até Jesus! E Jesus não pode ser chamado de mentiroso, pode? Não… é até uma blasfêmia pensar uma coisa assim. Jesus só podia falar coisas verdadeiras, senão nem seria Jesus… Pois, se era Deus, como poderia falar mentiras?

A boca do Monsenhor desenhou um oval desdentado, numa expressão histriônica de escândalo. Mita sorriu, enternecida, pois entendeu o que Papo queria com aquela longa peroração: minar o conflito que Érico sentia dentro de si, justificando o Capitão naquilo que mais o caracterizava, e que consistia em ser um contador de histórias.

– E, ainda assim – Monsenhor prosseguiu –, Jesus era humano também, e por isso inventava histórias da sua imaginação… Pois isso é a coisa mais humana de todas… e também mais antiga… isso de contar histórias, eu digo. Só que as histórias que Jesus contava, apesar de inventadas, eram embrulhos para coisas verdadeiras. E no fundo, no fundo, bem lá no fundo, toda história não é assim? Mesmo as que não são de Jesus? Se as pessoas prestam atenção, é porque alguma verdade existe, lá dentro, embrulhada bem no fundo daquela história… é isso o que faz a gente prestar atenção numa história… E a verdade… a verdade não está fora, está sempre aqui… dentro!

Monsenhor cutucou o peito de Érico com seu dedo caloso.

– Você não acha, Érico? – perguntou.

Érico ficou um pouco quieto. Depois fez que sim de um modo sutil, ainda de cabeça baixa, sem nada dizer.

Então a porta se abriu e entraram Lívia, Valença e Alonso, este segurando um prato. No rosto de Valença brilhava um sorriso que ela não conseguia reprimir.

– Minha mãe mandou esta torta… – Alonso disse, depositando o prato sobre a tosca mesa de madeira.

– Obrigado! Estou mesmo com fome! – Monsenhor agradeceu.

— O Alonso tem uma coisa para falar com o Érico – Valença disse, sempre sorrindo e trocando um olhar de cumplicidade com Lívia.

Érico olhou para Alonso, que se aproximou com o rosto fechado.

— Desculpe... – disse, constrangido.

— Tudo bem... – Érico respondeu ainda mais embaraçado.

No silêncio que se seguiu, as meninas riam umas para as outras, como se não acreditassem que duas pessoas pudessem ser tão travadas. Monsenhor também sorria, deliciado com a cena.

— E o que mais, Alonso? – Valença insistiu.

— Érico, minha mãe disse que se você ficar aqui na ilha pode morar com a gente. Nossa casa tem bastante espaço...

Érico esboçou um sorriso.

— Obrigado, Alonso.

Lívia bateu palmas:

— O Érico vai ficar com a gente! O Érico vai ficar com a gente!

Essa alegria de Lívia contagiou a todos e pareceu mesmo ter algum efeito na fisionomia de Érico, tanto que Valença sentiu-se encorajada a se aproximar e bater nos ombros dele:

— Você vai gostar daqui, Érico... A gente vai se divertir, você vai ver...

Entretanto, o clima quase eufórico foi interrompido por um choro. Nagogo e Leo vinham chegando.

— O Capitão está indo embora... – Leo disse com lágrimas rolando na face.

Nagogo, embora não chorasse declaradamente, tinha um travo na voz quando falou, ao estender um saco de pano na direção de Érico:

— O Capitão pediu que entregasse para você. Ele falou também pra dizer que concorda com você... Ele também odeia essa coisa de despedida... foi o que ele disse... E disse que... que isso é tudo o que ele tem...

— Acho que ele vai encontrar a Roxelina... – o pequeno Leo informou para ninguém em particular.

Érico apanhou o saco com uma expressão de surpresa e abriu. Encontrou lá dentro uma pedra vermelha, brilhante.

– Nossa! – gritou Mita.

Todos se aproximaram espantados, recebendo no rosto os reflexos daquela preciosidade. Mas Érico deixou a pedra sobre a mesa e saiu correndo porta afora.

– Capitão!

Ele desceu toda a encosta da ilha, saltando os obstáculos com uma agilidade que não sonhava possuir. Sua respiração refletia o imenso esforço, acima mesmo das suas capacidades. De certa altura pôde vislumbrar o Turmalina dos Mares deixando vagarosamente o atracadouro.

– Capitão!

E prosseguiu a desabalada carreira, chegando até a praia, atravessando a vila, sem se dar conta de uma vivacidade diferente no ar, vinda das pessoas. Prosseguiu correndo até alcançar os rochedos que cercavam a ilha. Mas já não era mais possível nadar até a nau, pois ela ia longe.

– Capitão! Volta aqui! – berrou.

Érico escalou uma daquelas pedras, a mais alta que encontrou. E ficou ali vendo o Turmalina navegar rumo ao mar aberto. Depois de um tempo, Mita chegou, também ela ofegante, e subiu na mesma pedra, dividindo o exíguo espaço com Érico. Falante por natureza, ela nada disse, ou por falta de fôlego ou por respeito ao momento. Segurou a mão dele, apertou com força, e permaneceram os dois, de mãos dadas, olhando para a frente.

Até que uma movimentação fez com que eles se voltassem: todos os meninos e meninas da ilha, de todas as idades, estavam ali, equilibrados nas pedras. Era como se tivessem brotado daqueles rochedos numa floração absurda. E ali permaneceram todos, assim como Érico e Mita, observando o Turmalina dos Mares se afastar aos poucos, navegando vagarosamente na direção do azul horizonte, evocando já, naquela distância, um navio de lendas.

Êeehhh!

IMPRESSÃO E ACABAMENTO
YANGRAF
GRÁFICA E EDITORA LTDA.
WWW.YANGRAF.COM.BR
(11) 2095-7722